ガンジーのいないインド

ヘイ・ラームからラーム・ラジャへ-ヴァタン、ヴァルディ、ザミールとともに、この奇跡の国を作り上げているものを理解する

Translated to Japanese from the English version of India without Gandhi

Mitrajit Biswas

Ukiyoto Publishng

全世界での出版権はすべて

Ukiyoto Publishing

2024年発行

コンテンツ著作権 © Mitrajit Biswas

ISBN 9789364944342

無断転載を禁じます。

本書のいかなる部分も、出版社の事前の許可なく、電子的、機械的、複写、記録、その他いかなる手段によっても、複製、送信、検索システムへの保存を禁じます。

著作者人格権は主張されている。

本書は、出版社の事前の承諾なしに、本書が出版されている形態以外の装丁や表紙で、取引その他の方法で貸与、転売、貸出し、その他の流通を行わないことを条件として販売される。

www.ukiyoto.com

アレクサンダーは将軍セレウコス・ニカトルに、"**本当に　　　　セレウコス、ここは奇妙な国**だ"と言った。
ドウィジェンドラル・レイの1911年の歴史劇『チャンドラグプタ』より

内容

第1部：封建社会と国家建設　　　　　　　　　　1

思い出の地を巡る旅　　　　　　　　　　　　　2

2つの異なる色が融合した2つのアイデアの合流点。　6

ジンナーからティラクを経てガンジーへ、ゴルウォーカーとサヴァルカルはヒンドゥー教のアイデンティティ、ヤン・サング、RSS、ラーム・ラジャの架け橋となる。　9

ジンナーからティラクを経てガンジーへ、ゴルウォーカーとサヴァルカルはヒンドゥー教のアイデンティティ、ヤン・サング、RSS、ラーム・ラジャの架け橋となる-パート2。　14

地方、地域、国家レベルでのインド政治の経済：ポリティコ・エコノミクス　　　　　　　　　　　　　　　　20

インディアとバーラト、どちらが聞こえる？　　23

パート2：物語を作り、社会的な基準を設定する。　27

ストーリーの語り方を変えればいい。誰のためとか、誰のためとか、そんなことはどうでもいい。　　28

時代の変化におけるコミュニケーションを通じた社会への影響　　　　　　　　　　　　　　　　　　31

ヒトラーとスターリンの中で：トランプとプーチンを超えて新しいインドへ　　　　　　　　　　　34

変化となり、古いものを一掃し、道を切り開く：自由と自治のために血を流した人々の夢から、私たちは乖離してしまったのだろうか？　　　　　　　　　　　　　　　38

ガンジーの経済学、農村から新興工業国へ、そして億万長者への道　　　　　　　　　　　　　　　　41

インドのI.P.L.（インド政治連盟）へイラムからラムラジャまで　　　　　　　　　　　　　　　　　45

第3部：インドのジグソーパズルと難問......過去と現在が出会い、より良い未来への希望が生まれる。　48

神話、伝説、インドの社会政治的ジレンマ 49

インドはヴィニ、ヴィディ、ヴィチを証明する国？スポーツと文化の栄光を求めて 52

Ek Bharat, Shrestha Bharat：一国一選挙から統一民法典まで、インドの「団結の中の多様性」コンセプトは簡略化されているのか？ 55

第4部 民主主義のダンス？ 59

第4の柱としてのメディア、あるいはカンガルー民主主義におけるサーカスの鞭役：食の安全、民主主義、それともメディアの自由？ 60

ネポティズム（縁故主義）は岩を砕き、才能や実力主義は後回しにする。 63

ジグソーパズルの国を運営する奇跡 66

14億人以上の人口、ここではサイズが重要なのだ。平等主義的成長と発展のために、3P＋C（貧困、汚染、人口＋汚職）の難問をどう読み解くか？ 69

少数の勇気のおかげで牛の国から宇宙に到達した私たちは、技術主義の世界で次にどこへ向かおうとしているのだろうか？ 72

我々は若者主導のスタートアップ国家でありたいと思っているが、彼らのために十分なことをしているだろうか？ 75

Roti、kapda、makaan（食糧、衣服、避難所）、Dharam、Jati、Deshbhakti（宗教、カースト、ナショナリズム）、Watan、Vardi、Zameer（国家、制服、良心）に対して、普遍的な健康と教育はまだ遅れている。 79

結論 82

第1部：封建社会と国家建設

思い出の地を巡る旅

私の個人的な思い出から話を始めよう。何年もの間、何人かの外国人の友人やゲストに会ってきた。インド人はみんなあなたのように背が小さいのか（背の低い私のこと）。なぜ私たちはインド語を話さないのか、どうしてここにはこれほど多くの異なる文化があるのかと聞かれたこともある。この事実は、インド国外から来た他の友人たちからも純粋に評価されている。インドについて書かれた本はたくさんあるし、現在も書かれているし、将来もそうなるだろう。インドという国の性質は、今日でもその別名にまつわる議論があるが、最も重要なことは、一部の人たちだけが定義し、理解し、分析できるような変化を経てきたということだ。正直なところ、私にはそのどちらもできない。しかし、インドを理解するという考えは、西洋のレンズで統一された視点から見れば、理解を超えている。インドは常に意識の中にあった[1]、それは多くの著作の中で学者たちによって例証されている。しかし、文化的多様性のニュアンスは常に、さまざまな角度から理解することはできても、文化の全体像とは言えないかもしれない。インドが単一国家とみなされていないという疑問は、植民地時代の作り物であったということが、今では十分に否定されている。分割後の境界線が明確であったりそうでなかったりという要素、ラビンドラナート・タゴールが作曲した国歌は、ジョージ5世の訪問のために作られたため、それなりに論争を巻き起こしている[2]、確実な根拠がない主張、現在の形で受け入れられるまでにデザインを変更した国旗。しかし、インドという考え方は、これまでどのようにあり、何がそうであったか、そして最も重要なことは、インドがどう

---

[1] ジャワハルラール・ネルー、1946年、『インドの発見』、37頁、オックスフォード。
[2] インドの国歌は英国賛美？- BBCニュース

あり得るかについて、すでに多くの人が取り上げてきた。しかし、インドの起源をたどれば、インド亜大陸を持つ超大陸ゴンドワナ大陸の時代に行き着く。亜大陸は今日、宗教的な違い、文化的な違い、言語的な多様性、そして民族的な配慮によって分断されているかもしれないが、亜大陸を結びつけているものがある。今日の亜大陸の錯綜したイデオロギーを見るというコンセプトは、すべての始まりのルーツまで遡ることができる。ホモ・サピエンスが到着して数年後、石から鉄へと進化し、後に知識と文明を生み出した。政治社会がそれ以前の社会の進化の副産物であったことは、よく知られた事実である。インダス川流域がドラヴィダ文明より古いかどうかという議論は、今も昔も繰り返されている[3]。しかし、今日のインドの政治社会が、過去によってどのように形成され、現在も進化を続けているのか、そして将来何が起こるのか、誰にもわからないという四分円に飛び込んでみよう。この考えは、現代のインドが過去の重要なつながりを持ち、未来のインドになるかもしれないところにある。インドの政治システムは今日、封建主義と植民地主義が残したシステムとして発展してきた。インドの政治の成り立ちを見てみると、他の多くの国がそうであるように、決して直線的なものではなかった。インダス川流域やドラヴィダ文明が始まって以来、インド政治という考え方は最前線にあった。インドの政治思想の源流は、チャナキヤ・カウティリヤとその著作『アルタ・シャストラ』にあることは誰もが知っている。[4]どの国のどの政治システムも、社会を中心に構築され、社会が政治を構築してきた。マウリヤ朝、グプタ朝、チョーラ朝、デリー・スルタン朝、マラーター朝、ラージプート朝、ヴィジャ

---

[3]インダス文明におけるドラヴィダ語の祖先：超保存されたドラヴィダ語の歯型から、深い言語的祖先が明らかになり、遺伝学が裏付けられる | 人文社会科学コミュニケーションズ (nature.com)

[4]Project MUSE - 古代インドの戦争と外交に関するカウティリヤのアルタサストラ (jhu.edu)

ヤナガル帝国、ムガル朝 から始まるインド起源の 8 大帝国は、厳密な用語ではないにせよ、[5]**イギリスの**植民地的な誘惑によって形成され、一掃された。というのも、ラージプートとデリー・スルタン国は継続的で統一された帝国ではなく、クーデターや無言の暗殺など、大なり小なりの共通点を持ちながら、封建制度を持つ広義の王朝帝国として存続していたからである。国王や皇帝が権力の頂点に立ち、封建的な家臣を従えて領土を監督するという体制は、西洋的な政治体制がインドに入ってくるまで大きな変化はなかった。ヨーロッパ政治思想という考え方は、政治的発展の後期段階におけるケーキの上のアイシングだった。しかし、すでによく知られていることに無駄口を叩きたくはない。本当の問題は、今日のインドの政治体制が、封建制に基づく民主主義とのハイブリッドになっていることだ。封建制という考え方はすでに述べたとおり、世界的な現象であり、インドで最も偉大な帝国や王朝が機能していた時代にも使われていた。ジャレド・ダイアモンドの重要な著書『**銃・病原菌・鉄鋼**』は、西欧の産業革命の重要性と、西欧社会へのその計り知れない影響を強調している。民衆の力は資本主義社会と密接に結びついており、それはエリート実業家たちに利益をもたらしたが、同時に大衆に起業家精神と商才の可能性の新しい波を開いた。したがって、上記の本は、社会の政治的基盤にも影響を及ぼすような、飛躍的なスケールでの科学技術の革新の重要性を強調している。選挙で選ばれた閣僚ではなく、選ばれた閣僚で構成される伝統的な評議会や、封建制の階層モデルを吹き飛ばすパラダイムシフトという、この広い世界全体の考えを見過ごすことはできない。しかし、インドではさまざまなシステムが混在しており、土着のシステムと西洋のシステムを明確に区分けすることはできない。それはむしろ、川の水が混ざり合っているにもかかわらず、それぞれのアイデンティティを維持するために異なる色を保っているような、2 つの

---

[5] *インドの史上 5 大帝国 / The National Interest*

思考プロセスの融合なのだ。インドはかつて、インドの北部や南部、さらには東部や西部で勃興し発展してきた古い文明を信じていた。血を流し、傷を負いながらも、決して衰えることのないこの国のすばらしさが、この傷つきやすい国を生きながらえさせ、その居場所を示しているのかもしれない。

2つの異なる色が融合した2つのアイデアの合流点。

インドの政治制度は、植民地支配と封建制度の名残であることはよく知られている。アイルランドの刑法から引き継いだとされるインド刑法は、150年以上の歳月を経て改正された。しかし、セクションは以前のセクションから新しい配置の他のセクションに移されただけなので、この変更は外見的なものである。現在の警察制度でさえ、植民地時代と封建時代のハイブリッドな制度を思い起こさせる。さて、政治システムに話を戻すと、世界最大の民主主義国であるインドは、いまだに代表権の問題に苦しんでいる。さて、政治体制に対する批判であり、社会を映す鏡であるはずのメディアの問題に戻ろう。つまり、政治の問題は、選挙投票が影響力の新たな規範となった現代における、ザミンダールの自治スタイルに近い。農村部の選挙制度は、ザミンダルやいわゆる封建領主、あるいは王が、権力政治の領域で強者や女性も任命する政治システムに取って代わられた、中世の症候群に基づいて機能しているように見える。国家は、パワー・ダイナミクスが押しつけられるための媒体、いや、イネイブラー、協力者として機能する。これは還元主義的で一般化されていると批判されるかもしれないが、塩のひとつまみと偏った文脈を考慮すれば、真の意味でのインドの民主主義が、代表権の問題となるとまだ物足りなさを残しているのは事実だ。代表制民主主義という言葉は、世界最大の民主主義国家であるインドにおいて、まさにその名残をとどめている。ファシズムの勃興からネオ・ファシズムの台頭まで、西側諸国でも民主主義に対する批判はいくつかあったが、西側諸国ではまた少し違った形になっている。議論と熟考に基づく東洋的な民主主義の伝統を持つインドに話を戻すと、自慢しているにもかかわらず、大きな文脈では民主主義の殻に閉じこもっているように

感じられる[6]。しばしば家畜階級と呼ばれる中産階級は、民主主義の健全性にはあまり関心がなく、むしろ**「見えざる手の理論」**の原理に基づいて自分たちのために働き、トリクルダウン効果によって社会やより大きなコミュニティに利益をもたらすことができる人々である。昔のインドの政治は、少なくとも広い意味では国王と閣僚会議に依存した地方行政の調整の集大成だった。インダスバレー文明の時代にも、政治の力学は一握りの議員に依存していた。今日の形に発展した亜大陸の政治は、宗教の違いにもかかわらず、国王や閣僚会議、あるいは年配者や賢明とされる人々の会議という点で、一定の共通要素を持っていた。インドは現在、先に述べたように封建政治と植民地政治のハイブリッドモデルとなっている。この種のモデルの問題点は、司法裁判所、警察、さらには官僚機構など、すべて植民地時代の名残である政府機関にも何度も現れている。インドの民主主義への歩みは、信仰による試練ではなく、段階的なプロセスである。インドの民主主義に対する考え方は、今日のヨーロッパにおけるウェストファリア民主主義の考え方にはそぐわないかもしれない[7]。しかし、インドの民主主義や政治システムのコンセプトは、アフリカほどではないにせよ、インドで顕著な多様性の考え方を反映するものである。インドの民主主義はモザイクのようなもので、数千年にわたる変化と進化を経てきた国家の旅路に起源を持つ。インドは、文化、血、紛争が入り混じった時代を歩みながら、万華鏡のような、あるいはモザイクのような、異なる文化の集大成のような今日のインドがある。支配的と言えるような明確な柄や色はないが、さまざまな柄や色が混ざり合って、現在のインドを象徴している。初期の*ヴェーダ時代*や*インダス文明*に存在した民主的なプロセスは、村人が利害関係者として発言するものだった[8]。しか

---

[6]ザ・ワイヤーザ・ワイヤー ニュース インド, 最新ニュース, インドからのニュース, 政治, 外交, 科学, 経済, ジェンダーと文化
[7]ウェストファリアン (ecpr.eu)
[8]古代インドの民主主義 / *LES DEMOCRATIES ANCIENNES DE L'INDE on JSTOR*

し、その後、さまざまな王国を経て、インドには階層意識が芽生えた。このヒエラルキーが、カースト制度や植民地時代の遺産と複雑に絡み合っているのだ。全体として、政治力学の考え方は王朝政治に基づくものであり、インドに見られるような地域政治や汎インド的な宗教的アイデンティティに基づく政治には、やや強いアンチテーゼがある。地域政治という考え方は、インドをアイデンティティの融合した国へと作り上げた民主主義の過去と強いつながりがある。そして次の段階は、宗教に基づく政治という国民的アイデンティティの確立である。この20年間、**バールティヤ・ヤナタ党（BJP）**の名で急成長を遂げ、その党員数は中国共産党（）**を上回る世界最大の政党となった**。現代におけるインドの政治的アイデンティティは、ダイナミックに変化しており、ガンジーの理想からティラクの思想へと完全に変容している。インドにおける民主主義の考え方は、間接的、一部直接間接的、直接間接的の3つのレベルにある。インドの大統領選挙は、憲法が大統領に名目上の国家元首以上の地位を認めていないため、完全に間接的な方法しかない。次のレベルでは、最も厄介で複雑なプロセスがやってくる。書類上はシンプルで簡単なことかもしれないが、インドという国ではまったく異なる意味を持つ。インドは、自らを「**世界最大の民主主義国**」と称し、民主主義を大切にし、誇りたがっている。しかし、最近の民主主義の健全性指数では、インドがニジェールのような国と同列にランクされており、インドのような民主主義の原則を掲げて西側諸国と癒着しようとしている国にとっては不快なことであることは間違いない。一方、私たちは選挙による独裁政治と呼ばれており、独自の民主化指標を目論む現政権とうまくいっていないのは確かだ。まあ、インドが「*群衆の、群衆による、群衆のための民主主義*」になる可能性は確かにないだろう。

ジンナーからティラクを経てガンジーへ、ゴルウォーカーとサヴァルカルはヒンドゥー教のアイデンティティ、ヤン・サング、RSS、ラーム・ラジャの架け橋となる。

先に述べたように、インドの政治的発展の問題は、最終的な植民地支配の痕跡が残るまで、さまざまな王朝や王国の支配を経てきた。しかし、これには細かい印刷物があり、『The Indians』などの著作で詳しく論じられているように、今日のインドという国家の成り立ちの痕跡は、白か黒かだけでは測れない、計り知れないほどのさまざまな思考の色を持っている。インドにおける政治的発展の考え方が、左翼から右翼まで幅広いものであることはよく知られている。政治スペクトルのイデオロギーの起源はギリシャ議会にあるが、インドの政治思想のニュアンスを忘れてはならない。インドの政治思想の起源は、古くからさまざまである。しかし、支配的な言説は、*インダス川流域文明*の時代から発展した、あるいはむしろ起源となったバラモン教システムと一般に同一視される、ヴァルナに基づく政治的階層に焦点を当てたものである。[9] しかし、私が紹介した本には、ヴァルナに基づく政治システムの起源について、正確な時期は特定できないと書かれている。しかし、近代、つまり植民地時代、そして現代にジャンプしてみると、彼らがどのようなインドを望んでいるかについては、さまざまな考えがあった。*M. N. ロイは*、共産主義者よりも左翼的なラディカル・ヒューマニズムを提唱した。中道政治という点では、インドのアイコンを見つけるの

---

[9] *https://www.britannica.com/topic/varna-Hinduism*

は少し難しい。正確な人物像については言及しないが、**サルダール・パテルや ジャワハル・ラール・ネルー**のような議会指導者は、前者は中道右派に近く、後者は中道左派に近いかもしれない。**マハトマ・ガンジー**の場合、彼は本当の意味での中道主義者であり、彼の思想は左寄りであり、時には右寄りでもあったが、今日の人が想像するようなものではなかった。それは、アイデンティティを宗教に誇りを持つことに限定するのではなく、文化的エトスが前面に出てくるということだ。同様の考えは、ヴィヴェーカーナンダがインド人のアイデンティティを強調した点にも見られる。政治に関しては、特にインドのような重層的な国の文脈では、文化的エートスが重要である。一方、**ネタジ・スバス・チャンドラ・ボースは**、両分野の要素を思考過程に取り入れた近代的中道主義者の申し子である。インド流の平等主義の哲学が、ロシア革命の革命思想に取って代わられたのである。インドの政治思想のあり方は、今日、ラシュトリア・スワヤム・セバク・サンガが 公の領域で広めることになっているものに限られている。***インドの最も興味深い側面は、私たちがインドという概念で何を理解しているのかを理解することだ。パスポート、国旗、国歌、西洋で定義された境界線だけに縛られるものだろうか？*** その部分は植民地支配者からの贈り物というか、インドが現代に形成された方法であることは間違いない。しかし、国民国家を作るためのウェストファリア条約制度に縛られない、文化的な環境と自国の境界を越えた帝国の考え方はどうだろう。インドの制度は、ロールシャッハ・テストのように、その名残が善悪の刻印を残す、浸み込んだ紙のようなものだ。具体的で確実なものは何もないのだから。事実を除けば、現在のインドを形成しているのは、過去の共有意識、現在の喧騒、そして未来への夢である。しかし、このような状況の中、R.S.S.（Rashtriya Swayam Sevak Sangha）のような修正主義的なインドの右派政治スペクトルが存在し、今日に至っている。インドはまさに奇跡の国であり、固定された定義では定義できないが、多

くの人種や何千ものサブカーストに分けられ、その中で複雑な関係を持つ人種という概念から見たり理解したりすることができる。しかし、重層的な国家におけるヒンドゥー教徒であるという傘のようなアイデンティティの誘惑が、今日からではなく、長年にわたってインドを動かしてきたものであり、ここ 10 年で前面に出てきたばかりである。インドのルーツは常にサナータナであり、ネアンデルタール人の末期にホモ・サピエンスが到来して以来、近代人類文明が到来した後は、自然崇拝が最前線にあった。今日のヒンドゥー教に蔓延している異教崇拝の形態は、異教崇拝ではないとの議論があり、形態が付与されていた自然との実際の深い絆との実際のつながりがあり、歴史と民間伝承のミックスを通じて、今日、政治的アイデンティティの象徴となっている[10]。また、カーストに基づくつながりもあり、それは疎外されているが、今日では歴史修正という形で国民的アイデンティティの一部となっている。主な考え方は、過去を忘れるのではなく、過ぎ去った時代の考え方を保持することである。今日のインドの政治スペクトラムの問題は、左派も右派も、インドと呼ばれるものの正当性を主張できないことだ。抜け穴は存在するし、これからも存在し続けるだろう。インドの政治的アイデンティティを確立する唯一の方法は、極端ではなく中庸であることだ。このことは、ブッダ、戦後のアショーカ、アクバル、ガンジーがどのような姿勢を維持してきたかを見ればわかる。しかし、エビデンスと関連づけられるような、特定の焦点を絞った質問をすることも間違っているのではないかという疑問が生じる。インドという国は、非常に多くの経験や重層的な歴史の集大成であり、非常に特異なスペクトルからインドを判断するのは難しい。しかし、植民地支配の影響を受けて大きく変化したインドの政治的発展の問題に話を戻そう。本書『インド人 : *A Histories of Civilization*』と

---

[10]*宗教的寛容」：ヒンドゥー教は多神教か？宗教学者アルヴィンド・シャルマはそう主張する (scroll.in)。*

いう本が指摘しているように、インドの物語は植民地の出現によって始まったわけでも、植民地の出現によって終わったわけでもない。今日、インドの政治史といえば、**アンベードカル、ネタジ、サルダール・パテール、ティラク、ダダバイ・ナオロジ、ネルー、インディラ・ガンジー、ナルシマ・ラーオ、マンモーハン・シン、ナレンドラ・モディなど**、ガンジーの名前が前面に出てくるのが一般的だ。インドの政治思想の問題は、子供や孫の成長を見てきた親のようなものだ。エレメントは残るが、突然変異は優性遺伝子が引き継ぐまで起こり続ける。複数の現実が存在するシナリオの中で、インドは他の多くの古い文明を基盤とする国家と同様に、その旅路の中で複数の現実を経験してきた国家である。古代ヴェーダのテキストから後世のプラーナ、あるいはグル・ナーナク、ブッダ、クリシュナ（歴史上の人物）、さらには*ラーマーヤナやマハーバーラタ*に至るまで、インドの古代の政治的リーダーシップの問題に立ち戻ると、政治的知識はまだ表面しか見ていない。チャナキーヤ・カウティリヤを通して、政治的知識の哲学はマキャベリスト的なものとされ、それは今日でも使われている。古代インドの政治思想が、闘争と武勇の行使、そして必要な場合の掠奪を提唱してきたことも忘れてはならない。偉大な征服者たちの中には、独自の統治システムを構築した者もいれば、外部から来た者もいれば、地域内から来た者もいた。彼らは進化し、完璧ではないシステムを作り上げた。抜け穴があり、無政府状態の要素があるにもかかわらず、インド流を掘り下げた政治システムがあった。本当の意味でのインドは、今も昔も完全に占領されたことはない。実際、ヨーロッパの植民地支配者たち、特にイギリス人は、地域、地方、国家を分けることで、大局をより小さな構成要素に分割する方法を知っていた。**インディアン**』の中で述べられているように、*イギリス・ラージ*は、他の地域勢力を国家レベルにまで結集させることによって、地域勢力が大義名分に立ち向かって問題を起こさないように封じ込める方法を知っていた。さて、過去の哲学的思想と

指導者の力について述べたところで、植民地化以前の南アジア政治の文脈で、近代的大衆指導者の道標として知られているはずのガンジーに話を戻そう。他のインドの指導者たちも、ガンジーとのつながりがあると考えられるが、彼らは同時代人であるため、同じ考えを持っているかどうかは別として、国家の自由を守るためにそれぞれのやり方で戦っていた。

ジンナーからティラクを経てガンジーへ、ゴルウォーカーとサヴァルカルはヒンドゥー教のアイデンティティ、ヤン・サング、RSS、ラーム・ラジャの架け橋となる-パート2。

しかし、彼の顔がインドの通貨に描かれ、その強権的な抵抗運動の思想のために不運にも好意的に見られなかったネタジから「国民の父」という非公式な称号を与えられ、ラビンドラ・ナート・タゴールが彼をマハトマと呼んだこととは別に、彼の政治的思想や哲学的スタンスは、彼の認知的混乱の中でイギリス・ラージが支配を継続させたかったものであることは明らかだ。ガンジーは少なくとも 1915 年以降、インド自治のシンボルだった。それ以前には、**ララ・ラージパト・ライ、バル・ガンガダール・ティラク、ビピン・チャンドラ・パル**といった **ラル＝バル＝パル**の思想や、過去の哲学的叡智からインスピレーションを得たインドの過激派指導者たちの思想は、後に南アフリカの**ネルソン・"マディバ"・マンデラ**に共鳴したサティヤーグラハや非暴力といった別の形の政治イデオロギーによって一掃された。戦争は平和をもたらし、平和は弱さをもたらし、その後に戦争が起こる。アショーカの例は、**カリンガ（現代のオディシャ州**）での激しい闘争の後、平和の光として示された。ダリットや部族に独自の英雄や民話を持つ文学者たちが、さまざまなアプローチで私たちに自治のアイデアを与えてくれたのは、危険を冒してでも、私たちの土着の知識という過去の知恵に触発された人々のアイデアのおかげである。ヴィクラム・サンパスや サンジーヴ・サーニャルのような作家のおかげで、最近、オルタナティブ・ヒストリーとでも呼ぶべきものが脚光

を浴びつつある。武力抵抗や暴力だけでなく、新たな経済システムを構築する方法を持っていたヒーローたちもいた。ネタジ・ボースは、ヨーロッパの工業文明からどのようなアイデアを取り入れるべきかを常に心得ていた人物である。**C.R. ダスやバガ・ジャティンなど**、長く素晴らしい革命家たちのリストの中でも数少ない人たちが、歴史の忘却のページや時間の埃に埋もれてしまっている。ガンジーの政治イデオロギーの起源に話を戻すと、彼は経済学、社会的覚醒、政治的思考プロセスといった要素を持つ思想の代表者だった。しかし、彼が非暴力という政治的アプローチを何度も提唱したことで、いったい何が達成されたのだろうか？まあね。封建的な政治を繕い、姑息な手段で支配するハイブリッドな植民地政治から受け継いだ遺産である。イギリスの政治に操られ、ガンジーを盾にしてインドの大衆の抵抗を封じ込めたこの国は、まさに名人芸だった。**アニー・ベサントと アラン・オクタヴィアン・ヒュームによる**インド国民会議（Indian National Congress）の出現以来、イギリスの植民地支配者たちは、安全弁として喜んでこれを受け入れてきた。インド独立の理念は、しばしば交渉で決着がつくものではないと非難されるが、多くの自由戦士たちの情熱的な闘いを軽んじることなく、それは真実である。しかし、最終的に起こった交渉は計画通りには進まず、国家は血なまぐさい分裂を経験した。白人測量士*ラドクリフ*によって引かれた線に挟まれた2つの共同体のなだめ役としてのガンジーの役割。彼の人生は、最終的に**ナトゥラム・ゴッセという**男によって終焉を迎えた。ただでさえ多様性のある国でスペクトラムといえば、人種という観点から共通のアイデンティティを見つけることは不可能である。オリジナル対インベーダー、そのストーリーは誰もが知っている。インドという国家は、地域政治における政治的優位性という点で、常にさまざまな場所で揺れ動いてきた。しかし、いくつかの州や中央では、政治の力学全体が、アメリカやイギリスと同じように、左右の違いとは呼べない、むしろ穏健派（*インド国民会議と呼ばれ、そ*

のアプローチはイギリス統治時代と同じ だった）から自己主張の強い B. J. P（バーラティヤ・ヤナタ党）の２つの政党の間にあった。P (Bharatiya Janata Party) は、シャマ・プラサード・ムカルジーが創設した**ヤン・サング**に遡ることができるが、インドには、ヨーロッパ諸国がはるか昔に見出したような、統一されたアイデンティティという単一の誇りの下に統一されていないという固有の弱点があり、それを宗教的アイデンティティとしてではなく、生活様式としてのヒンドゥー教という形で見出すべき時だと常に考えていた。サヴァルカルからゴルウォーカーに至る思想は、常にイタリアからドイツにインスパイアされたものであり、彼らの統一物語は、多数の文化的多様性に対応するのではなく、多数派に共鳴する、自己主張の強いナショナリズムのあり方を決定づけた。インドという考え方は、左翼から右翼まで常に争われてきた。一方は、左翼リベラル派で、おそらく自分たちではない何かを装っている者もいる。この章では、「*何を、なぜ、どこで、どのようにインドを定義するのか？最初の質問は、過去 5000 年間存在したインドというよりバーラト・ヴァルシャという考え方を持っていた人々にとって、インドという考え方は何を意味するのか*、ということだ。**インド、バーラト、アーリアヴァルタ、ジャンブドウィパ**[11]、5千年もの間、それなりにまとまって存在していたという考えだ。英国流の考え方に合わせる必要はなかったし、今日のインドが、分割の痕跡を残した行き当たりばったりのマーキングによって作られたものだと考える必要もなかった。西洋の定義や伝統に従わない方法でインドを定義し、理解することを常に考えていた。そこで登場するのが、ヒンドゥー教徒、あるいは"**サナタニ**"のプライドである。ヒンドゥー対サンタニの違いではなく、インド対バーラト、そして章のタイトルにもなっている人々の違いについて考えよう。ティラクの時代

---

[11] アーリヤヴァルタ：アーリヤヴァルタ-天竺、ジャンブドウィープ：インドの他の 5 つの名前について学ぶ | *The Economic Times (indiatimes.com)*

からインドという思想は、ヒンドゥー教という思想の中で、分断されることなく団結したインドという思想を発酵させていた。カーストとその他の格差の役割は問題ではなかった。それ以来、多くの水がガンジス川を流れ、ヒンドゥー教の思想やインドを紹介する役割という点で、ヒンドゥー教が果たしてきた役割は大きい。インドを西洋的な領土化の構図としてとらえ、それを国家として成立させるという考え方は、**ティラクの**ような指導者たちや、後に**サヴァルカルや　ゴルウォーカーが** RSS（ラシュトリア・スワヤム・セヴァク・サンガ）を結成し、その政治関連組織である**ヤン・サンガ**（現在の**バラティヤ・ヤナタ党**）を結成するまで、まったく見られなかったものだった。インドの魂をかけた戦いは、独立前も独立後も続いていた。変わったのはパターンと見せ方のスタイルだけだ。よく見ると、歴史的な基盤を持つインドを想像するという形のヒンドゥー教の誇りのアイデアは、長い間、常に回復力を定義するという誇り高き伝統を持つマハラシュトラ州から生まれたものだ。イギリスが私たちを征服するずっと以前から、マラーター族のプライドは、先に述べたように、独立前も独立後も侵略者との戦いの長い歴史の物語だった。どのような運動にとっても非常に重要な自己同一性、自尊心、誇りに裏打ちされたこの溌剌とした態度は、古風な包括的用語としてのヒンドゥー教という統一要素という形で現れた。今日、ラーム・マンディールやラーム・ラジャヤという考え方は、血なまぐさい歴史にもかかわらず、何世紀にもわたって正常化されてきたヒンズー教徒とイスラム教徒の有機的な同居の複雑さが、左派の望むところであるかのように、両極化しているかもしれない。しかし、アイデンティティの面で混乱と混沌を抱えるインド政治の境界線は、その中間にある。インドの政治という概念は、封建制や植民地制度といった大まかな概念に乗っ取られているように見える。また、**アショーカ、ブッダ、チャナキヤ**、そしてもちろん植民地時代の**ガンジー**から現代の**ナレンドラ・モディ**まで、時折名前が挙がる。**ペリヤール、サルダール・パテー**

ル、ネタジ・ボース、ネルー、さらには**ジンナー**といった政治指導者たちが政治討論の中で言及されていることも忘れてはならない。しかし、インドの政治とその発展に関する考え方は万華鏡のようなもので、いくつかの色が支配的である。その色彩は、封建的な大名が王朝政治という仮面をかぶっている様子に、より深く見出すことができるだろう。しかし、そのような政治の起源は、植民地化時代と植民地化後の長い歴史に起因している。ここでは、歴史上の古い帝国の事例が取り上げられることすらない。インド政治を定義するのは誰かという問いが持ち上がっているが、もし変化があるとすれば、インド政治の次の段階はどうなるのか。インドの政治はどのように機能しているのかという疑問は常に残る。アッパーミドルと高所得者は社会の頂点に立ち、下層部は"タダ"経済で票田となるが、ミームの嵐に巻き込まれながら生活を続けている中間層はどうだろう。インドの政治は、権力とカーストの均衡を利用した王朝の票田政治とは別に、そうやって機能してきたのだ。インドは変貌を遂げつつあるが、最大の変化は、カーストの方程式と、共通のアイデンティティが形成される細分化を横断することである。だからこそ、このセクションは、ティラクの時代からの出発点に立ち戻るという考え方に基づいた議論を推進するために設けられたのである。統一されたアイデンティティの力が、その欠点や還元主義的なアプローチにもかかわらず、役割を果たすインドというアイデア。イスラム教徒のアイデンティティが異質なものとみなされ、たとえヒンドゥー教と同じようなルーツを持っていたとしても、それが他の信仰にまで拡大されるかもしれないインドを想像してみてほしい。ヒンドゥー教徒とイスラム教徒の架け橋となり、*キラファト運動*などの政治的アプローチを行ったガンジーには、宥和主義という欠点があった。別の政治思想を持っていた**ネタジは**、インド国民軍を創設したとき、そしてその場所で、インド的ではあっても真の意味での多文化的で世俗的なツールを作り出した。異なる信仰を持ち、宗教的アイデンティティに縛られない女性も含む

3 人の軍将兵は、ネタジが成し遂げたことだ。軍事的な意味でも、さまざまな宗教的アイデンティティを団結させ、抑圧者に対する武力抵抗を行うという意味でも、同じコインで相手と戦える戦いだ。第二次世界大戦中、英国が経済的圧力に苛まれていた適切な時期に魔法の解決策を用いたことが、結果的に英国を急いで撤退させることになった。ネルーが首相の座に就き、非暴力を標榜したガンジー流の*ムスリム連盟*への懐柔策とパキスタン建国に失望し、自らも**ナトゥラム・ゴドセによる**暴力行為によって命を落とした。とはいえ、物議を醸すこともある人物だが、ガンジー流の平和主義によって推進された家族を犠牲にすることなく、すべてに従うことを確信していた。ガンジーはインド分割を阻止できなかったが、彼だけが責められるべきだろうか？ネルー、ジンナー、そして 1942 年のクリプス・ミッション計画以前に、、英国びいきのイスラム教徒であるジンナーを逆転させて、亜大陸のための分割の契約を成立させた。

地方、地域、国家レベルでのインド政治の経済：ポリティコ・エコノミクス

インドの政治は、その昔よく発達した政治システムの要素を持っていたにもかかわらず、封建的・植民地的劣化によって破壊されたこの国が、世界最大の民主主義国家としてどのように存続しているのか、常に驚きの対象であった。インドの政治や民主主義に欠陥があることはよく知られているが、人口の多さ、多様性、そして宗教の分断やカースト制の問題など、インドに残された制度はいまだにインドを崩壊させるまでには至っていない。さて、トピックの見出しに戻ると、多くの発展途上国やポストコロニアル国家と同様、政治という考え方が汚職や筋力（マンパワー／マフィア効果、政治チンピラ）、金、アイデンティティの力にまみれていることを理解する必要がある。インドは昔も今も農村経済であり、開発に基づく政治は的外れだった。多くの国がそうであるように、都市部の中産階級は、政治的な議論や審議がこの層を見逃してしまうような、多くの政策から取り残されている層である。今でこそ、インドの中産階級が成長していると言われているが、皮肉なことに、中産階級こそ、以前からほとんど具体的な政策イニシアチブの対象になっていない。議会は、中産階級の中間層に対する政策努力をあまりすることなく、下層部に傾斜していた。これらはこれまで議論されてこなかった新しい要素ではないが、15億人という巨大な人口という特定の共通要素を持つ多様な国家において、民主主義がどのように機能するのかを強調し、理解することである。インドの政治には、アメリカのようなオープンなロビー活動は存在しないが、少なくともテーブルの下での取引の論理に従えば、誰が中央政治、地方政治、そして地方政治を支配している

かはすでによく知られている。実業家、資本家の役割はいくら強調しても足りない。しかし、地域レベルの政治が人々の声を代弁するのではなく、ポストコロニアル政治というハイブリッドな形態に適応しているため、残念ながら周縁化された声という概念は周縁化されたままである。インドの直接民主制に最も近い形態であるパンチャヤット制度は、インド化された西洋民主主義の形態へと発展し、多くの点でインド独自のものとなっている。世界で最も厳しい試験」のひとつを突破するインドの悪名高い官僚たちの植民地システムを利用することで、*制度そのものや汚職のレベルをめぐって多くの批判があるかもしれないインド行政の極めて重要な柱のひとつを保持している*。それでも、どのような国家体制においても大きな役割を果たす政治における経済の役割を見直そうという考えであることは否定できない。*貧困政治は*、独立以来、インドの政治力学における流行語であった。現代において、そのような貧困政治から脱却できたかどうかが注目される。答えはイエスでもあり、ノーでもある。貧困を取り巻く基本的な政治は変わらず、変わったのは貧困への対処の仕方だけだ。インドはおそらく、富と繁栄が極度の貧困と長期間にわたって協力してきた国なのだろう。極端な富と醜い貧困という概念は、カルマと苦悩という概念がいまだに慰めになると考えられている社会という点で、私たちの無気力な態度の一部となっている。貧困をめぐって多くの政治的議論が行われ、多次元の貧困という観点からも貧困が削減されたのは事実だ。また、資源の不均衡は受け入れなければならないものであるため、絶対的な意味での貧困はどの社会からも取り除くことはできないとも言える。しかし、貧困経済をめぐる政治という考え方は、*ガリビ・ハタオ（貧困をなくせ）*の時代からインド周辺ではいまだに鳴り響いていますね。これはインドの政治から離れたものとは言えない。貧困に対する新しい見方が導入されたことで、物語は変わった。そこでは、心の状態としての貧困がもたらす困難や悩みを克服するために、自負心や起業家マインドの役割が奨励されている。右派で

あれ左派であれ、どの政治指導者の演説にも繰り返し出てくるテーマだ。予算が道具として使われるという点では、毎年、そのような層を支援するための政策がたくさん出てくる。しかし、美辞麗句や政策立案とは別に、貧困をめぐる政治に関するこれらのセッションの中で、真のアイデアは政治的アイデンティティを創造することだった。貧困はいまだに多くの政治的議論の中心にあるが、パラダイムシフトは、宗教、カースト・アイデンティティ、地域主義を中心に、貧困、失業、若者の大部分と才能の浪費が縁の下の力持ちとなっている。インドの政治はよりクールに、ソーシャルメディア主導で進化し、新しいブランディングの要素も入ってきている。しかし、これらすべての背後には、インド政治における中核的なカルト・オブ・パーソナリティが新たな形で再発明されている。インドはジグソーパズルの多様なピースであり、それぞれのピースが独自の方法で動いている。わが国の連邦制は、地域的な派閥主義が憲法上の接着剤によって、いまだにインド人という概念に接着されている、実にユニークなものである。汚職のニュースが絶えないインドの政治のように、私たちは明るい話題や勇敢で誠実な政治家を見逃してしまう。皮膚と皮膚の接触は強姦の場合にのみ考慮されるとか、不自然な夫婦間の性交渉は問題なく、妻の同意は重要ではないといった、高裁の名誉ある判事たちによる怪しげな声明に疑問を抱くこともある。しかし、月の表面にいくつかのしみがあってもその輝きが失われないように、国を軌道に乗せ、アジアやアフリカの多くの国で起きているような完全な混乱や無政府状態に陥らないよう、この国の揺らぐ民主主義を守っている司法も同じである。現在の民主主義の質が問われるかもしれないし、健全な民主主義の証である以上、そうあるべきだ。結局のところ、植民地システムの殻から生まれたインド政治という考え方は、植民地以前の古い政治システムの多くを洗い流したのである。問題は、私たちの政治と政治システムが、権力政治と力学のために大衆を利用すべきではないということだ。

インディアとバーラト、どちらが聞こえる？

ジャナ（**Jana**）または**ジャティ**（**Jati**）とは、植民地時代以前のインド亜大陸を含む広大な土地で人々を分断した、国家としての人々の概念やカーストのことである[12]。ジンナはインドの名前が採用されるとは思っていなかったが、ネルーによって採用されたことはよく知られている。一方、この名称の採用については、憲法制定議会での議論の中で多くの議論が交わされた。そこでの議論は、単に名前についてではなく、ブラウン系ポストコロニアル"**サヒーブ**"の新階級対先住民のプライドを保持する政治家階級の戦いに焦点が当てられていた。インドの政治の世界は、マクロなレベルで見れば変わらない。インドという名称を維持するために名称の力学を変える必要が本当にあったのか、それともバーラトのような別の名称の方がいいのか、多くの議論や議論がある。しかし皮肉なことに、インドとバーラトという名称に関する議論は、政治的スタンスという点では今日でも続いている。前述したように、この考え方は、一方ではカーストを超えて宗教へと移行したアイデンティティ政治という観点から、他方ではいわゆる世俗主義という考え方があった。それが世俗主義なのか、あるいは皮肉を込めて"**シキュラリズム**"と呼ばれるものなのかはさておき、インドの政治が包摂主義を装いつつも、カースト主義という微妙な境界線にも踏み込んでいることは、インドが継承してきた封建政治とポスト植民地政治のハイブリッドのより広範なバージョンである。経済と社会情勢の分かれ目については後ほど触れる。しかし、多くの

---

[12] ttps://global.oup.com/academic/product/history-of-precolonial-india 9780199491353?lang=ja&cc=au

人がインダス渓谷の名前から取ったと言うにせよ、世界的な視野を持つために採用されたインドという名前には、政治的な意味合いが異なることを理解しなければならない。**インド太平洋という**名前にインドという言葉がついているように、インド洋という名前には、植民地時代の経験から切り開かれたインドという現在の国家の正当性が込められている。バーラト、そしてその名前を復活させるというアイデアに魅了されている人々は、私たちの文明に基づいた国家という物語に対する考えを持っている。異なる**ジャティ（*民族*）** として存在していた国民は、**ジャナ（*国民*）**、すなわち広大な国土の国民として、良心において団結していた。*イスラム教徒とヨーロッパ人、特にイギリス人とポルトガル人という大枠で括るのは愚かなことだが、分断は存在していたが、侵略の時代を経て複雑になった。言うまでもなく、フランスも興味を持っていたが、その影響と意義は、オランダ、デンマーク、スペインと同様、ある程度は無視できるものだった。*今日のインドの政治におけるバーラトの思想とは、過去の栄光を取り戻すことであり、西洋の思想体系を重視するのではなく、土着の知識によって達成できることを自らの思想に頼ることであり、そのためには西洋志向の物語は必要ない[13]。宗教的アイデンティティとカーストは、その政治において正当化できる特定の役割を持っており、それは逃げたり恥じたりするものではなく、むしろ受け入れられるものである。さらに、経済的な背景が見えてきた。政治的プロセスは、その国の一人ひとりの経済的地位と絡み合っている。法の支配か、支配者の法か、それが問題であり、インドのような国に関しては、その答えはすでによく知られていると感じることができる。政治の地位は封建的であり、現在でもそうである。どの州を選んでも、ヒエラルキーが機能している例を見つけることができる。典型的なバラモン教的構造とは異なる形でヒエラルキーの力学を見たとしても、つまり、今日のイン

---

[13] テーマ別セッション／インド政府教育省

ドの政治状況において疎外された人々が権力を持つようになったとしても、同じ論理が適用できる。インドの政治が宗教とカーストで動いていることを忘れてはならない。インドの民主主義と国民一般は、個人の意見が政治思想の集団ヒステリーに支配されやすい家畜階級かもしれない。しかし、インドはそれにもかかわらず、独自の新しい政治民主主義を切り開くことに成功した。インドにおける体制作りの難しさは、その歴史と文化にあるが、世界最大の民主主義国家となった。とはいえ、ガンジーとネタジの間には口語的な違いは明らかだったが、インドを自由にするという共通の努力は、多様性の中の団結の基礎となった。民主主義国家としてのインドの歩みは、その規模、言語的、宗教的異質性、社会経済的差異など、さまざまな障害を乗り越えて道を切り開いてきたことを特徴としている。この国はまた、ある政党から別の政党へと平和的に政権が移譲された定期選挙を成功させており、このことはこの国の政治システムの強さと能力を浮き彫りにしている。しかし、このような欠点があるとはいえ、インドの民主主義が完全に完璧というわけではない。たとえば、政情不安や宗教間の対立、地域間のいざこざに遭遇したこともあった。同様に重要なのは、ヒンドゥー・ナショナリズムの台頭と世俗主義の侵食に伴い、インドにおけるマイノリティの権利保護と多元主義の維持に関心が集中していることである。とはいえ、この国が直面する数々の課題にもかかわらず、インドはその豊かな文化遺産を生かしつつ、民主主義、世俗主義、社会正義などの原則を取り入れた新鮮な政治的アイデンティティを確立している。この法律は 1950 年に制定され、この法律に謳われている価値の促進と擁護を通じて、多面的な社会を効果的に統治することを定めている。さらに、インドの市民は、自分たちの権利のためにたゆまず闘うことで、民主主義の形成に重要な役割を果たしてきた。この国が今日のような発展を遂げることができたのは、活発な司法機関や活気ある市民社会があったからである。

インドが自治権を獲得してから 75 年を迎えるが、この短い期間は、この政府形態の実験が成功したことを疑う余地なく示している。インドがその多様性を維持し、同時に安定した民主主義体制を維持しているのは、あらゆる困難を乗り越えて、多元的な社会が存在しているからである。今後も、インドは民主主義の原則に基づき、国民の人権を守り、経済的公平性を育んでいかなければならない。

複雑な文化的背景を持ちながら、包括的で持続可能な民主主義国家の建設を望む他の国々に、その実現方法を示すことができるだろう。インドが明日を計画するとき、自国民のために民主主義を確立し続けなければならない。これらの柱を強化すれば、インドは、異なる文化を受け入れることのできる民主的な制度を作ろうとしている他の国々にとって有益なモデルとなるだろう。

世界最大の民主主義国家であるインドは、その歴史において勝利と挑戦の連続だった。定期的な選挙、平和的な権力移譲、活気ある市民社会。しかし、マイノリティの権利保護、世俗主義の弱体化、経済的平等の拡大については、依然として懸念がある。

これを実現するために、インドは人種や宗教、社会的地位に関係なく、すべての人の人権の促進と保護を優先させなければならない。これには、司法への平等なアクセス、言論・表現の自由、反対意見を述べる権利も含まれる。これが支持されれば、民主主義構造の回復力が強化され、インド全土で寛容と相互尊重が促進される。

パート2：物語を作り、社会的な基準を設定する。

ストーリーの語り方を変えればいい。誰のためとか、誰のためとか、そんなことはどうでもいい。

人類の文明とともに発展してきた社会は、常に物語を創造してきた。プロパガンダという言葉は、ローマ時代から長い間、さまざまな形で知られてきた。物語を設定するという考え方は、インドにおけるアイデンティティ・ポリティクスを生み出す最前線でもあった。ガンジーのいないインド』というタイトルの本は、物語政治という考え方がどのように存在したかという理由である。インドにおけるコングレス党のアイデアそのものが、アイルランド人の助けを借りて、インド人が代弁するアジェンダを設定するためのプラットフォームを与えられたという物語を作ることに基づいていた。彼らの支配がいかに慈悲深いものであったか、そして彼らがいかに原住民や私たちに発言権を与えたかを紹介するという考えだ。しかし、議会が開かれる以前から、物語を設定するという考え方は、それ以前のインド王国から植民地時代、そして独立後にもあった。戦略家としてよく引き合いに出されるカウティリヤも、物語の設定という概念について言及している。誰かの場所を占めるという考え方は、常に物語に基づいているからだ。物語を操作することは、優位性を保持する概念にとって常に最重要であり、この考えは今日でも続いている。しかし、社会秩序を創造する上で、物語を設定することは常に重要であることを忘れてはならない。誰のための物語なのかが重要なのではなく、彼らが代表しているのかいないのかが重要なのだ。まあ、それは、物語を作り上げているのは代表される人々なのだから、注目されるべきことだ。そうでないなら、いったい何なのか。インドの政治が抱える問題は、他の多くの国と同様、物語を設定すること、そしてそれが誰の

ためのものなのかということだ。ガンディーは、英国統治時代にハリジャン（不可触民）の象徴として彼らの権利のために戦い、植民地支配者の分断統治の壁を打ち破ろうとして、彼らに独立した代表席を与えたのが始まりだと考えている。しかし、物語の設定や戦いの面でより大きな役割を果たしたとしても、疎外された人々がどこにいたのかという疑問は常に残る。戦いが続いている人々、そして彼らの声を必要としている人々。同じような話は、今日のインドのシナリオにも当てはまる。政治という考え方が、少なくとも物語を作るという点では、オフラインよりもオンラインに近いという新しい世界が構築されつつある。インドもこの傾向の例外ではなく、おそらくこの傾向に変化が訪れたのは 2014 年以降のことだろう。物語を創るというアイデアは常に重要であり、将来も同じである可能性が高いという一貫性を持っていた。しかし、物語で重要なのは、何が語られ、誰が物語をコントロールしているかということである。2014 年には、2004 年の選挙戦でバーティヤ・ヤナタ党がうまくいかなかった、ストーリーを語る上での新たな復活というアイディアがより良い位置づけとなった。反現職意識が強かったのか、それとも**ラール・クリシュナ・アドヴァーニ**政権下の輝くインドというストーリーの語られ方が芳しくなかったのか。しかし、この章を執筆している間にもハットトリックを達成し、グジャラート州首相として象徴的な存在感を示したカリスマ、ナレンドラ・モディ現首相のもとでは、**「アチェ・ディン（良き日々）」**という命題がはるかによく売れた。象徴的という言葉をここで取り上げたのは、グジャラート州のすべてではないにせよ、少なくともかなりの部分が彼の呪縛のもとで産業飛躍とインフラ整備が進み、投資も行われるようになったからである。**マハトマ・ガンジー**という人物は、物語を語る術をマスターしていた。植民地がコミュニケーションの主導権を握り、自分たちに適したメッセージをインド人に伝えるというやり方は、ガンジーによって初めて大衆的な規模で行われた。彼の個人的な政治スタイルは、彼の貢献を軽

んじることなく、個人の裁量に従って批判されうるし、されてきたし、おそらくされるべきである。しかし、問題はそこに焦点を当てることではなく、ストーリーテリングのインパクトなのだ。

時代の変化におけるコミュニケーションを通じた社会への影響

連邦国家であるインドでは、地域や国境を越えたコミュニケーションを構築することが常に課題となっている。今日私たちが知っているガンジーの名前は、彼が自分の考えを国中に伝えることができたからである。批判もあったが、彼のメッセージは大衆運動やハンガーストライキという形で届いていた。その考えは、インド国民のほとんどを知り、インド人としてのアイデンティティや一体感を与えてくれるものを知っている現在の首相も同じだ。植民地化以前のガンジー以前の時代からのコミュニケーションは、強力な王国や皇帝が存在した特定の時期を除いて、バラバラだった。通信技術は存在しなかったが、コミュニケーションは常に存在していた。インドは常に、多様性を受け入れる人々によってよりよく管理されてきたが、統一されたアイデンティティの問題は常に、インドの誰もが持っていたすべてのコミュニケーションのマスタープランを追いかける要因であった[14]。植民地化される前、マスタープランナーの*チャナキヤ・カウティリヤ*と*その弟子のチャンドラグプタ・マウリヤ*を見ると、私たちが今日考えたり知ったりしているようなコミュニケーションではなく、どのように管理するかという考えを持っていた。グプタ帝国が広がっていったのは、おそらく彼らが行ったコミュニケーションの方法は、静的であるという腐敗した形ではなく、専門的なスキルや専門知識に基づいたカースト制度を作

---

[14] *https://medium.com/@theunitedindian9/examples-of-unity-in-diversity-in-india-0edcd020a0d9#:~:text=India%2C%20with%20%20its%20rich%20variety,side%20by%20side%20in%20peace.*

り上げるという、アイデンティティーの感覚を生み出すためだったのだろう。南部では、**チョーラ王国が**帝国化されるはるか以前からその文化的価値を広めていた。チャンドラグプタの孫のアショーカが北方で行ったように、寺院やランドマークを柱の形で作る方法は、自分たちの存在を知らしめるという点では同じだった。王国のコミュニケーション・プランの実行における唯一の方法は、アプローチの方法だった。しかし、人々にその存在を知らしめ、アイデンティティを受け入れてもらうことこそが、ユニフォームを作ることなのだ。つまり、アイデンティティと、アイデンティティを構築するものについてのコミュニケーションという考え方は、忘れ去られたり無視されたりすることのない、まったく異なるマントルを帯びているのだ。したがって、これが本書の章の進むべき道である。コミュニケーションは、これまでも、そしてこれからも、社会にインパクトを与える重要な要素である。植民地時代のインドでは、イギリスやポルトガル、そしてある程度はフランスも、植民地支配者たちがまず通信を欲し、支配した。植民地支配者による社会構築の考え方は、警察、軍隊、通信手段を支配することができたからだ。教育。伝統的なもの、あるいは伝統的なものと西洋的なものの組み合わせに重点を置く独立した教育機関もあったが、しかし、彼らの支配を正当化し、正当化し、押し付けるためのコミュニケーションは、彼らがコミュニケーションを作り出し、それが何百万という原住民を操るためにコントロールされてきた方法によって、明らかに指示されていた。マハトマ・ガンジーやネタジの演説など、近代的なコミュニケーションがヨーロッパや日本から発信されるようになり、インド人のためのインドという考えが生まれた。このことは、世界中の歴史に見ることができる。インド人の自己アイデンティティの提示の仕方にしても、私たちが提示したかったのは、他の植民地国家と同じように、想像できる範囲で自由闘争の本質を示すことだった。今日、宗教政治の概念は、インド政治におけるコミュニケーションの本質という観点から語られているが、

これは、植民地時代には過去100年間、[15] 以前には数千年間、宗教に依存してきたインドの政治シナリオのサイクルの繰り返しにほかならない。インドの複雑な社会的背景を理解し、理解するためには、過去と現在の断片に分解するのが簡単だ。コミュニケーションの重要性は決して過大評価できない。わが国では、独立後も同じように、非常時には多くの人がコミュニケーションをコントロールしようとしてきた。特にモディ政権発足後のソーシャルメディアの出現によって、メディアのシナリオをコントロールすることが可能になり、新しい時代が到来したことは否定できない。しかし、長期的にはどうなるかは、試行錯誤を繰り返した歴史の中でしかわからないことだ。インドで機能している民主主義のシステムや、インドの政党の政治イデオロギーは、植民地時代のシステムを非常に色濃く残しており、国政で重要な役割を果たす若いリーダーや技術者、社会活動家はまだほとんどいない。メディアの支配力は、過去10年ほどの間に起こったプロパガンダのために新たなレベルに達しており、もし今、私たちが立ち向かわなければ、インドとバーラトの差は表面的には癒えないほど歴然としたものになってしまうだろう。

---

[15] https://www.britannica.com/place/India/Government-and-politics

ヒトラーとスターリンの中で：トランプとプーチンを超えて新しいインドへ

インドの新たな物語は、周縁化されたニュースへのアクセスがより困難となるような新たな展開を見せている。独裁政権や独裁政治の世界は、大衆の人々が一握りの人々によって、あるいは「手」（ここではインド国民会議に対するダジャレではない）によって支配される可能性があることを歴史的に示してきた。確かに、有名なファシストの挙手敬礼は見られたが、それがインドにどう関係するのか。というのも、インドといえば、私のような都会の作家にはとても理解できないような、非都市部の多くの人々にとっては、いまだに封建的な民主主義国家というイメージがあるからだ。それでも、インドはどうなのか？この小章のタイトルが示唆するように、いくつかの名前がある。実際、インドはかつて、ヒトラーのファシスト政権が使用したドイツ憲法から借用した憲法の緊急事態条項を使って、民主主義の廃止という非常事態に直面したことがある。インドは当初はもろい民主主義国家であり、現在もその途上にある。しかし、最も重要なことは、**故インディラ・ガンディー**政権と、2024年に再び民意によってある程度削減される現在の多数派支持の選挙権を除けば、インドの民主主義は欠陥があってもまだ機能しているということだ。ベンガル州、ケーララ州、トリプラ州などでは共産主義に基づく政権が長く続いており、ベンガル州などでは社会経済に対するアプローチについて論争があったが、それでもインドの民主主義は存続している。問題は、それが活気に満ちていて、さらに重要なことはすべてを包括しているかということだ。インドの各地域に赤いテロの回廊があるにもかかわらず、バスタルを共産主義の中核地域とすることで、そ

の回廊はある程度縮小され、押し下げられた。暴力と彼らの戦いは、**コロンビアのF.A.R.C.の**ようなものであり、インド、特に西ベンガル州では、共産主義の党派路線に従うか否かという点で、スターリニズムの色合いを帯びていると言える。しかし、民主主義の息の根を止めたり、社会から疎外された人々が行方不明になったりすることは、「社会から疎外された人々とは誰なのか？インドという国について言えば、私たちの *H.D.I. ランクは常に130〜140位を回っており、私たちに関する統計は塩のひとつまみで受け止める必要がある*。しかし、本当に心配なのは、国民の大部分が苦労し、苦しんでいる状態で、民主主義が本当に維持され、存続できるのかということだ。インドは貧困削減という点で、中国に次ぐ奇跡といえるほど大きな成果を上げている。インドは驚くほどうまくやってきたが、問題はインドの民主主義がどのように機能しているのか、あるいはこれまで機能してきたのかということに帰着する。植民地時代の大衆はガンジーのような国民的指導者の指導下にあり、今日でも少なくとも一人の指導者ではないにしても、私たちは大衆に基づいた*（物理的なものではない）*民主主義を続けています。世界最大の民主主義国家は、国民がその数を補っているのだが、それがどれほど意味のあることなのかが常に問題として提起されてきた。植民地時代の名残で民主主義が機能している。インドは、多くの問題やもちろん多様性があるにもかかわらず、どのように運営されているのか、コメンテーターにとっては常に不可解な国だ。インドの民主主義の第一歩は、おそらく植民地時代にインド初の大衆指導者ガンジーによって踏み出された。インドにおける民主主義の道は、（民主主義が解釈するように）一人の人間が大衆を率いる時代に設定されたメンタリティから切り開かれた。ガンジーの非暴力の原則と道徳に基づくアプローチは、都合よく見過ごされてきた。つまり、最初の一歩を踏み出した時代から、インドの民主主義は大衆主義、大衆主導主義であった。インドが民主主義を発展させたことに関しては特にそうだ。しかし、強大な敵に対して非暴力

主義を貫いたにもかかわらず、決してあきらめなかったガンジーの不屈の精神は、今日でも私たちの中に民主主義の炎を灯し続けている。直接民主制の要素という点では、ガンジーが村民の声を反映させるという考えに基づいて考案した制度が最も優れている。過去の伝統と国家の必要性が混ざり合い、バラバラになった土地の塊に、帝国による植民地化という苦い、しかし必要であったかもしれない薬とともに、インド、あるいはその構想が生まれつつあった。大衆主導の直接民主制の考え方は、しかし、より利害関係者重視のレベルでは、ガンジーのパンチャヤットに対する考え方や、スイスの邦に見られるような、まさに私たち自身の直接民主制の考え方であった。パプアニューギニアを除けば、インドはアジアで最も多様性に富んでおり、その多様性は17位にランクされている[16]。今、人口と世界第7位の大国は、民主主義の元祖であるアメリカの遺産を迂回するのに役立っている。民主主義の機能に疑問を呈することができる、そしておそらくそうすべき場合が多々あるのは事実だが、それもまた、大事にするに値する特権である。ガンジーの闘争と彼の哲学的・道徳的スタンスについては、あまりにも多く語られたり書かれたりしてきた。しかし、他人が夢見たような支配の形というのはどうだろう？一般的に、ネタジーとガンディーは異なる陣営に属していたという言い伝えや感覚があるが、それは真実から最も遠いものだ。彼らは同じ陣営の出身だが、目的に対するアプローチはまったく異なっていた。前者は、「*受動的攻撃的抵抗形態*」という観点から、大衆と大衆の力を導く方法を信奉していた。それは、白人や時には褐色のサヒブに指揮され、自分たちの同胞を殴打するラティを振り回す褐色の肌の警官隊に対して、一種の道徳的優越性を持っていた。その一方で、ネタジと志を同じくする同志たち、特に革命家たちの駆け引きは、イギリス主君が私たち国民のために限定的

---

[16] *世界で最も（そして最も）文化的に多様な国 | ピュー・リサーチ・センター*

かつ制限された方法で提供する武器の力に加わるか、さもなければ......というものだった。

変化となり、古いものを一掃し、道を切り開く：自由と自治のために血を流した人々の夢から、私たちは乖離してしまったのだろうか？

今日存在するインドという概念そのものが、インド全土に散在していた原住民や部族から始まった進化の総体であり、北と西、そして南にも都市化された文明が存在する[17]。一方、バクトリアや中央アジア地域から移住してきた人々もいる。アーリア人対ドラヴィダ人という土着説対侵略説の論争に立ち入るつもりはない。しかし、侵略と入植の問題に関しては、非常に重要な役割を担っている。[18]その後、イスラムの侵攻がインド全土に広がり始めたが、モンゴルやトルコ、さらにはアラブ人やアフガニスタン人の敗北以外にも、ケララ州のモプラー族や、ガズニのマフムードとは別にシンド州のアラブ人の侵攻など、イスラムを信仰する人々がいたため、これは批判される可能性がある。そのため、社会宗教文化的影響力の第二波の猛攻に対しては、成功と敗北が混在している[19]。デリーのスルタンからかつての強大なムガル帝国に至るまで、中世から近代に至るまで、封建的なやり方でインドの政治機能の中核を担ってきた。ベンガル・スルタン、マラーター帝国、ウードやラクナウのナワーブ、マイソール地方のティプー・スルタンなど、ヨーロッパの東インド会社がインド沿岸に停泊していた頃には、ほぼ穏やかなラージプート王国や小侯国とは別に、方程式が存在していた。その筆頭

---

[17] 古代インド – 世界の歴史百科事典

[18] http://www.geographia.com/india/india02.htm

[19] https://www.britannica.com/place/India/Society-and-culture

がフランスとイギリスの東インド会社であり、彼らはこのジグソーパズルのような亜大陸の土地塊に関わろうと躍起になっていた。ムガール帝国のデリー発祥の中央権力と呼ばれるものは、衰退の一途をたどっていた。もし当時、**ラージプート、ティプ、マラーターといった**地域勢力が連合し、地域の壁を乗り越えてナショナリズムの策略で**イギリスやフランスの東インド**会社を助けていたら、きっと私やそれ以前の著名な歴史家たちは、インドや亜大陸の歴史について違った物語を書いていただろう。インドには常に、有機的な多文化という問題があり、それは私たちに力を与えてくれるが、同時に私たちの幾重にも重なる歴史と、今日のインドを定義する侵略の波の源でもあった。植民地時代、あるいはその前の時代から、そして今日に至るまで、インドのアイデンティティは常に問われてきた。宗教的アイデンティティやカースト政治という概念がインドを定義しているのであり、インドという概念を手に入れるには、地域の壁や言語的アイデンティティ、カースト政治を乗り越える必要があるからだ。ビーマ・コレガオンの事件から、今述べたような小地域主義に至るまで、ジグソーパズルのような形でこの**「蜃気楼のような国」**を作り出そうとする考え自体が、インドという不思議な国なのだ。**V. S. ナイポール**や **A. L. バイシャム**の真の作品は、ウィンストン・チャーチルが否定した分断国家のニュアンスを映し出す鏡として、インドの本質と**多様性を**捉えている。ムガル帝国の滅亡以来、特にアウラングゼーブ以来の南西部におけるマラーター勢力によって、インド全土の地域的・宗教的勢力に襲われていた権力の空白に苦しんでいたこの多様な国土の大衆を、少なくとも団結させる最前線の力であったことは事実である。アショーカからアクバルまで、流血と征服から旅が始まったとはいえ、インドを管理するためには過激主義ではだめだと知っていた、実践的というか行動的な皇帝は数人しかいない。サンジーヴ・サンヤル氏やヴィクラム・サンパス氏の作品は、インドの新しいイメージをもたらした。ニュアンスの異なるインドという考え方は、

シャシ・タロール博士によって、あるいは故スシュマ・スワラージ博士の執政から*ジャイシャンカール博士*の現在に至るまで、現政権下におけるビジョンの外交政策の新たなダイナミックスという観点からも提唱されてきた。インドの物語は変わりつつあるが、インドをどう考え、どうすればインドは平等主義になれるのかという疑問がある。

ガンジーの経済学、農村から新興工業国へ、そして億万長者への道

モハンダス・ガンディーが夢見たインドは、中堅・中小規模の産業が主導権を握る自立型経済という考えに基づいていた。当時、大企業とは、主に帝国ヨーロッパの大企業を指していた。しかし、外国支配の鎖に完全に縛られた自立したインドという考え方は、当時から見ればまったく間違っていた。アトマ・ニルバール（Atma Nirbhar）"バーラト（Bharat）として売り出されている今日の自立したインドの考え方は、こうした考え方に由来しているのかもしれない。今日、インドは政治的独立から 75 年を超えたが、私たちは自由なのだろうか？これは非常に高圧的で、特権的な立場から来たように見えるかもしれないが、私は政府を批判し、疑問を呈する機会を得ている。自由闘争中のインドの考え方そのものが異なっていた。自立と農村経済への回帰を基本とするガンジー流経済学があった。そして、ソビエト式の工業化に頼るネタジ・ボースやネルフ流があった。なぜソビエトが主体であり、西側帝国が引き起こしたロシアや革命後のソビエト・ロシアが、抑圧された国々や疎外された国々の光明と見なされなかったのか。第二次世界大戦中にネタジが試みたロシアとの同盟や、ネルーが非同盟の立場を維持しながらも共同体陣営への関与を強めたこと、そして最後にサヴァルカルがレーニンに接触したことは、単に孤立した出来事というだけではない。文字通り、スパイスを買うためにやってきた会社が、亜大陸全体を「買った」というのは皮肉な話だ。新しいインドという構想がここに刻まれたのだが、これを書いている今日、億万長者の支配という言葉があるように、ガンジス川には多くの水が流れている。不平等が拡大する中、私たちと同じ人種、同じ土地の人々が富を蓄えている可能性がある。報告書によれば、今日のインドは植民地時代よりも不平等が拡

大している。これほど皮肉なことがあろうか。もし自由の戦士たちが生きていれば、あるいはもうこの世にいない戦士たちの魂にとって、これほど痛ましい恥ずべきことがあろうか。インド経済は現在、1%の人々が65%以上の富を保有し、それも控えめに見積もっても上位に偏っている。インド経済の企業化は、ヨーロッパの帝国主義から現代のインド企業に至るまで、一巡している。当時、東インド会社はインドの王侯に謝礼を支払い、その見返りに税金を徴収して富を流出させていた。今日、残念ながらインドの民主主義と複数政党、複数色の政治的旗印のもとで、それは何ら変わらない。モハンダス・ガンディーが提唱したインド経済の考え方は、地域強化にあった。インド経済は今日でも多くの州で苦戦を強いられているが、本当に心配なのは、今日でも企業と政治チームの癒着が、**ウィンストン・チャーチル**の懐疑主義を思い起こさせることだ。彼は、インドが独立を目指すという考え全体を否定し、インドが自由になったとしても、それは凶悪犯や略奪者によって管理されることになるだろうと口にしていた。ダジャレは意図的ではなかったが、皮肉にも彼の予想は的外れではなかった。インドの指導者たちは藁人形であり、今日の世界的なシナリオの展開のねじれによって統治には適さないというもうひとつの予言は、エスニシティ首相によるインド由来のものである。独立以来、インドの政治力学は、**ロティ、カプダ、マカーン（衣食住）**という基本的な要素で支えられてきたが、その間に政治家が富を得てきた。一方、世界最大の民主主義国家であるインドでは、有権者に代表者を選ぶ資格を与える国民皆成人権制度がある。しかし、問題は経済の力と、植民地時代以来、誰が現実の政治機構を支配しているかという方法に帰着する。権力者の顔色や民族性は変わったかもしれないが、本当の変化は訪れたのだろうか？それこそが、インドが直面している"ラージ・シンド[20]

---

[20] https://www.bloomberg.com/opinion/articles/2024-03-25/india-election-billionaire-raj-is-backing-modi-and-leading-to-autocracy

ローム"の力学をもたらす問題なのだ。多くの人々にとって重要な真の変革のために影で働いているインドの人々は、名声を求めているわけではなく、迷っていたり、歌われていなかったりする。インドの政治は、貧困の経済学、あるいはオリガルヒとして知られる縁故資本主義的な構造によって動かされている。インドで成功した現代の起業家の話は、後ほど出てくる。ポーランドからの留学生がコルカタで私に尋ねたことがある。欧米にホームレスがいないわけではないが、我々の都市におけるその数の多さと醜いコントラストは、『ジョリーLLB』で見事に描かれていた。地方での荒涼とした不毛な雇用機会から逃れるために都会の光あふれる空間に引き寄せられた多くの人々にとって、彼らは「害虫」であり、疎外されているか、あるいは見えない存在なのだ。アダニがスラムの再開発を引き受けたという最近のニュースは、私たちが特定の企業の気まぐれで会社のように動く国に住んでいると言っているようなものだ。タイトルにあるように、また別の本がその名を冠していたように、*億万長者ラージは貧困の政治*がすぐになくなることはなさそうだ。インドの政策が目を覚まし、人々のために働き、平等主義的発展のマントルを担おうとするステップを踏む必要がある時だ。政府のデータでは、貧困と失業は減少しているが、食料安全保障と飢餓指数に関するデータでは、バングラデシュとパキスタンを下回っている。また、保証として第3位の経済大国といえば、私たちインド人が好んで荒らす国だが、バングラデシュは一人当たり所得で私たちを上回る年もある！バングラデシュの人口と私たちの人口を比較することは、バングラデシュの人口が私たちの人口に及ばないことを忘れてはならないという都合のいい言い訳だが、私たちはそれをプライドの盾にして、8億人がコビットの無料配給を受けていることを気にせず、むしろそれを説教しているのだ。見てください、この偉業をおべんちゃらや美辞麗句が通用するのは、現職と対立候補の両者でさえ罪を犯しているところまでだ。KグラフやVグラフの経済政策を忘れても、世界中の人々は基本的なことをカ

バーする必要があり、インドも200年以上戦い続けていることに違いはない。

インドのI.P.L.（インド政治連盟）ヘイラムからラムラジャまで

インドの政治には、「**アヤ・ラム、ガヤ・ラム**」という非常に悪名高いことわざがある。チャーチルの話に戻ると、彼はいつもインドのリーダーシップを否定していた。彼は、私がついさっき話したことを信じていた。インドの政治は、いまだに厄介で、多様で、1つの国で44日間にわたって選挙が行われる奇妙な出来事だと考えられている！想像してみてくれしかし、将来、一国一選挙がインドで実現すれば、この状況は一変するかもしれない。インドの政治は特に、同じ人間が民主主義のイデオロギーや道徳を気にすることなく政党を変えるようなものだ。西側の民主主義国家では考えられないことだが、インドではクリケット熱狂のインド・プレミアリーグの選手が、フランチャイズのジャージのように、自分が最も得をする政党のためにジャージの色を変えるのは、スポーツに包まれたカーニバルのようなものだ。ウィンストン・チャーチルの予言は、インドの民主主義にとってこれ以上ないほど予言的で適切なものだった。国会議員に対する刑事事件の割合は、東南アジアのシンガポールにまでさかのぼる。しかし、中国のような独裁的な社会の攻撃的な姿勢に対抗するため、「民主的」であるはずのインドを口説こうとしている西側諸国によって、インドとその現指導者が人生よりも大きなイメージを刻み込まれ、認知され、名声を得ていることもまた事実である。私たちの国の基盤は、ある出来事や、疑問の残るような指導者たち、しかし、彼らに社会の最初の保護者としての利益を与える余裕のために、インドの民主主義の枠組みが、どんなに脆弱で問題があろうとも、作られてきた。インドが民主主義国家になりうるという考えは、それ自体が誤りであり、イギリス人白人の精神の領域には想定されていなかった。私たち"Wogs"は、"Pakis"とは別に、亜大陸

の人々に対する人種的中傷として知られていた。民主主義が失速しているにもかかわらず、ここ数年、西側のシンクタンクやメディア・チャンネルなどによって、メディアの自由や民主主義の質に関する主張が疑問視されているにもかかわらず、いまだに努力と闘争を続けている。今日、植民地支配者であったイギリスとその首都の土地が、ロンドニスタンと呼ばれているのは別の話である。*先祖がパキスタン人であるサディク・カーンがロンドン市長に就任し、リシ・スナクがダウニング街 10 番地に就任している。イギリス経済が沈没し、犯罪が多発しているこの時期に、南アフリカ生まれのイギリス人クリケット選手ケビン・ピーターセンが強盗を恐れて腕時計を外したのは、きっとウィンストン・チャーチルが墓の中で振り返ったに違いない。*世界最大の民主主義国家であるインドは、いまだに封建的な性質を持っており、権力力学は一部の者の手に握られている。また、部族やダリット、ナマシュードラといった下位カーストに属する人々に対するアイデンティティの帰属問題は、いまだに解決されていない。インドの初代首相であるネルーは、ガンディーと親しかったにもかかわらず、彼なりの英国びいきを持ち、そのアプローチはエリート主義的で、言葉は悪いが、マドリードと同じように英国化、西欧化されていた。アリ・ジンナは皮肉にもパキスタン建国の先駆者であり、喫煙と飲酒の常習者であったにもかかわらず、イスラム教徒のための独立した土地を望んでいた。宗教は、植民地時代以前からインド政治のアイデンティティーの中心であった。アヨーディヤ寺院の建設、ラーム・ラジャヤの創設、そして最も重要な挨拶の印としてのヘイ・ラームは、インド政治の右派とされる領域に沿った政治的アイデンティティの印となった。皮肉なことに、この「**ヘイ・ラム**」という言葉は、すでに述べたように、極右のナトゥラム・ゴッセが国を分割した後にガンディーが発した言葉と同じだった。インド亜大陸の上空を時は流れ、私たちは社会主義というギミックや偽のナショナリズムに騙されるような過ちに陥ってはならない。両者を混ぜ合わせると、世

界史の力学を変えた悪名高い**ナチス**政権が示すように、さらに危険なカクテル効果をもたらす。アドルフ・ヒトラーと握手した唯一のインド人自由戦士であるネタジ・ボースは、「祖国を自由にするためなら、悪魔との取引も厭わない」と発言している。ガンジーとスバス・チャンドラ・ボースは、インドで最も著名な自由戦士の2人であった。しかし、よく見ると、彼らの現実主義と原則は、インドの独立を達成するために直面したユニークな状況によって形作られたことがわかる。

第３部：インドのジグソーパズルと難問......過去と現在が出会い、より良い未来への希望が生まれる。

神話、伝説、インドの社会政治的ジレンマ

インドが神話と伝説の国であることは間違いなく、それが私たちの集団的アイデンティティの感覚や、侵略者や植民地支配者との闘いに役立ってきた。インドという国家には、他の植民地支配後の国家と同じように、社会全体に染み渡る帰属的アイデンティティのシナリオがある。インドという国全体が、物語という形で、カーストという区分けで、アイデンティティを蔑視し、私たちがインドと呼ぶ集合的な「ジグソーパズル」、あるいは歴史的には自国のものだと主張しながらも、現在では領土的な意味で他の国として形成され、インドからの特定のルーツを保持し、新たなアイデンティティを確認しようとしているのだ。インドという**「蜃気楼と奇跡の国」が**　常に追い求めてきたアイデンティティの感覚を与えてくれる伝説と民間伝承の伝統は、昔も今も、そしてこれからも続いていくだろう。**ジャイ・シュリー・ラームや バジュランバリの**　叫びは、単なる宗教的帰属の叫びではなく、植民地闘争時代のヴァンデ・マタラムやジャイ・ヒンド、あるいはラージプートやマラーター族の**「ジャイ・エクリン・ジ・キ・ジャイ」**や**「ハー・ハー・マハーデーヴ」**、**「アッラー・アクバル」**のような、現代における統一された**アイデンティティへの絶望的な叫びであり試みである**。イギリス人やヨーロッパ人が、**「王のため、土地の　ため」**という自分たちの戦争の叫びを掲げてやってきて、私たち全員を征服したとき、植民地化された私たち、あるいは敗者と呼ばれる私たちは、過去からインスピレーションを得て、帝国主義列強の傲慢さや優越感によって汚されることのなかった、あるいは汚されることのなかった、輝かしい土着のアイデンティティを大切にしなければならないときだった。これらはすべて、宗教的な神話や民間伝承の伝説という形で、男性

であれ女性であれ、輝かしい英雄を探すことに私たちを導いた。受動的な抵抗と市民的不服従というガンジー流の対極にあったインドの革命家たちが帰依した激しい女神、マ・カーリーの物語である。かつてスーツを着てズールーの反乱に立ち向かい、イギリス軍を支持したモハンダス・ガンディーが、彼らの哲学とは別にそれをどう考えたかは言うまでもないだろう。**ティプー・スルタン、ラージプート、マラーターが**、それぞれの民話とは別に、異なる戦いの叫びを上げ、独自の神話や宗教的親和性を持っていた。子供のような空想では、私たちはヨーロッパ人、特にイギリス人を追い出していただろう。ティプー・スルタンはフランスの協力を得て、イギリスとの戦いに使用する小型ロケット砲や大砲にすでに着手していた。**「1つの旗、1つの国歌、1つの統治者」のもとでは、領土に基づく国家という西洋の概念はインドには存在しなかったからだ。**[21]著名な歴史家である**ナイアール・ファーガソン**や　**ウィリアム・ダルリンプル**は言うに及ばず、インドと西洋、特にイギリス出身の歴史家たちによっても、1857年という年は二項対立の年であった。*第一次インド独立戦争*」というインドの物語か、「*セポイの反乱*」という西欧／英国の物語かという二元論。答えはその中間にある。地理的、言語的、文化的に分断された広大な土地が、イギリスに対する反乱に参加する火種となり、少なくとも当初はイギリスを苦しめたことは事実である。同様に、他方では、この出来事から国民的熱狂が始まると期待された道も、国民の大半の地域では要求や期待通りには起こらなかった。これはすべて仮定の話であり、もしそうなっていたら、インドもラテンアメリカ諸国のように少なくとも多くの州で独立を果たすか、合意に達していただろう。しかし、1857年の出来事が長期的にも短期的にも影響を及ぼさなかったわけではな

---

[21] https://www.newindianexpress.com/magazine/voices/2023/Sep/16/constitution-national-symbols-only-glue-that-bind-india-that-is-bharat-2614898.html

い。短期的な影響は、最終的にインドがイギリス王室の下に入り、イギリス領インドとして知られるようになったことであり、長期的な影響は、国政のあり方だった。私たちは、先に述べたような戦争の唱和から始まり、1900 年代の初め、特に第二の 10 年代から、彼の大衆的指導の下での受動的抵抗と市民的不服従というガンジー流の道を一巡した後、ヴァンデ・マタラムやジャイ・ヒンドもあったが、再びスローガンに戻ってきた。

インドはヴィニ、ヴィディ、ヴィチを証明する国？スポーツと文化の栄光を求めて

ドイツでの交換留学中、私は悪意はなく、むしろ友好的な態度で「スポーツの世界でインドはどこにいるんだ」と嘲笑されたものだ。この本のタイトルは、ガンジー流とインドの政治と社会力学について書かれている。答えは、そうだと言うことにある。世界中の歴史を紐解けば、植民地化され、疎外され、従属させられた国々はすべて、スポーツを通じて常に民族のアイデンティティを見出し、抑圧者に対抗して自分たちの存在に誇りを持つ手段を見出してきた。2023年6月に世界で最も人口の多い国となったインド[22]には、スポーツの栄光があるが、その栄光はあまりに遠く、間がない。インドの政治戦線との関係は？ガンジー流の平和的手段による政治的暴力は大衆に浸透し、大衆運動を生み出した。しかし、その結果、人々は肉体的な強さではなく、精神的な強さに重点を置くようになり、どこか受け身で気力の弱い大衆文化が生まれたのだろうか。後者には後者なりの重要性があり、ガンジーのやり方がスポーツの世界でのインドの成績を正当化するのはおかしいと思われるかもしれない。国民文化が精神を形成する上で非常に重要な役割を果たしていることを忘れてはならない。歴史的に入植者の植民地であったオーストラリアを相手にすることを想像してみてほしい。インドでは政治のゲームが、ゲームやスポーツ連盟の政治になっている。武力革命の最前線にあったはずの、そして必要とされていた

---

[22] https://www.bbc.com/news/world-asia-india-65322706#:~:text=India's%20population%20has%20reached%201%2C425%2C775%2C850,census%20%2D%20was%20conducted%20in%202020.

はずの大衆的なスポーツ文化の創造が欠けていたのだ。肉体的にアグレッシブであること、そして闘争心を持つことに焦点を当てる必要があるスポーツ文化の影響は、私たちが発展するのに何年もかかった。それ以前にも、インド男子ホッケーチームの遺産は 1980 年のモスクワ五輪まで続き、独立後初のメダルをインド人 K.D. ジャドハフが獲得した[23]。しかし、前述したように、私たちはできなかったことができたはずだ。映画『Maidaan』から、インドが際立って欠けている世界最大のスポーツを発展させるための挑戦が、スポーツの政治性を含め、インドのスポーツが遅れている問題を浮き彫りにしている。[24]実際のところ、インド・レスリング連盟の問題では、当時の会長であったブリジ・ブーシャンに対するセクハラに抗議するレスラーたちが集まったが、その結果、彼の息子が会長に取って代わっただけであった。全インド・サッカー連盟を含むインドの他のスポーツ連盟に関連する問題では、政府の干渉を理由に FIFA がインドを一時的に禁止したため、インドの名誉ある最高裁判所が介入しなければならなかった。インドのスポーツ界では、実力主義が何度も何度もネポティズムの牙城を崩し、ムンバイの映画界はもちろん、他の地域の映画界でもネポティズムの牙城を崩した。さて、映画といえば、サタジット・レイがインタビューで語っていた「*インドの観客は後進*国」という言葉を思い出す。こう言ってしまうと単純化しすぎの感はあるが、それでもこの考えが真実である可能性があることは言うまでもない。インド発のミュージカル映画は、国境を越えた多くの人々にとって、今でもどこか憧れの対象であったり、軽蔑の対象であったりするかもしれない。インドでは一般的に、現実に憂鬱

---

[23] https://olympics.com/en/news/wrestling-first-indian-win-olympic-medal-1952-kd-jadhav
[24] https://www.thehindu.com/news/national/delhi-court-frames-charges-against-ex-wfi-chief-brij-bhushan-singh-in-sexual-harassment-case/article68199335.ece

になることはなく、映画は単なる逃避的なものと考えられているようです。ムンバイ発の"マサラ"映画には、歌、音楽、ダンス、ドラマ、バイオレンスが盛り込まれ、社会のさまざまな願望やインドのあり方が散りばめられている。『Maachis』から『Udaan』まで、マラヤーラム語映画、マラーティー語映画、ベンガル語映画、タミル語映画、グジャラート語映画、テルグ語映画などから生まれる珠玉の作品とは別に、ムンバイ業界からはいくつかの映画がある。インド発祥の映画であれ、完全にインドで作られた映画であれ、アカデミー賞は必ずしもインド映画の指標を意味しない。問題は、社会として『弟切草』のような問題を提起する映画を作る用意があるかということだ。

Ek Bharat, Shrestha Bharat：一国一選挙から統一民法典まで、インドの「団結の中の多様性」コンセプトは簡略化されているのか？

インドの思想は、多様性が祝福の原因であると同時に、対立の原因でもある。インド人という概念や国民性という概念は、植民地化された地域では常に挑戦的なものだった。特にインドやナイジェリア、その他多くのアフリカやアジアの国々では、インド的な考え方が培われてきた。これらの要素は、国境、国旗、国歌、旅行用の統一パスポートという形では存在していた。前述したように、この種の要素は新しく西洋化された方法でもたらされたものであり、ポスト植民地国家のために包装された植民地時代の遺物以外の何ものでもない。独立から75年を経て共和国となった今、"バーティヤ"であることが真の課題となっている。そういう意味で、大衆を本当に動かすことができた最初のインドの大衆指導者は、この本のタイトルにもなっているガンジーだと言えるだろう。インド全土に人気のある指導者はいたが、インド全土の人々を本当に動かせる指導者は地域が限られていた。常にそこにあったこの空白は、ガンジーによって初めて引き継がれた。ガンジーは、独自の道徳観に縛られた非暴力的な方法で、自己統治を目指していた。革命家たちがテロリストと呼ばれたり、フリンジ・エレメントとされたりする一方で、暴力や攻撃志向のアプローチという点では、大英帝国を脅かすものではないこの種のアプローチは、インド内外のメディアや報道機関によって推進されるのに適していた。サンジーヴ・サーニャルの著書はすでに、革命家たちの思想と、ガンジー流とは対極にある自由のための彼らの戦い方を提示している。ラマ

チャンドラ・グハは、ガンジー以前と以後の国民意識形成のあり方について、インドと彼の本質について語っていた。そこでこの本は、インドの意味を、それもガンジーやガンジーの本質を抜きにして見出そうと試みている。

インディアンのやり方には、地理的な土地のために戦うという国民意識が存在しなかった。それは文化交流や旅行という形で、垣根のない有機的なものだった。しかし、亜大陸に人類文明の歴史が記録されるようになると、数千年の間に文明の違いが生まれ始め、侵略者、略奪者、あるいは部外者の到来によって、さらに加速された。このような歴史は、世界中のどの国の歴史にも多かれ少なかれ存在する。現在、インドの法律、言語、食習慣、そして民族主義的アイデンティティを統一することが、与党 BJP（バーラティヤ・ヤナタ党）のプロジェクトとして取り上げられている。インド全体が大衆として動員されるという考え方は、ガンディーが始めたもので、1922 年の不服従運動でピークに達した、あらゆるレベルでの国民運動の最初の感覚だった。このような試みは、1857 年、帝政下で初めて民衆の運動が起こったときに行われたもので、インド全土とまではいかなくとも、ある方面では民衆の参加に疑問が呈されることもあったが、この時期のデリー地方における 1857 年の大虐殺とその余波についての言及の中に見出すことができる。今、インドの統一政策という問題は、連邦制が弱点ではなく、むしろ強みになるような新しいインドを作り直そうとしている現政権がとった措置にすぎない。しかし、憲法の枠組みを変えるだけでインドの多様性を単純化できるのかという疑問は常に残る。政治的に選ばれた現政権はリセットを試みているが、それは確実なものなのか、それとも混沌としたものなのか？しかし、民主主義指数が低下していること、そして政府が独自の指数を作ろうとしていることは、行間を読むべきシグナルである。インドは植民地化される前は民主主義の要素を持っていた。このプラグマティズムは、非暴力と自己浄化という核となる信念を

厳格に守りながら、政治情勢の変化に応じて戦略を変える彼の能力に現れていた。対照的に、より戦闘的なナショナリストであったネタジ・ボースは、インドの自由を達成するためには武力闘争が必要だと考えていた。ナチス・ドイツや大日本帝国といった外国勢力と同盟を結び、彼らの支持を得ようとしたのである。これはボースの有名な言葉に集約されている：「血を与えよ、さすれば自由を与えよう」というボースの有名な言葉がそれを象徴している。しかし、こうしたガンディーのアプローチとネタジの姿勢の違いにもかかわらず、二人は同じ目的、すなわちインドの植民地支配からの解放を目指した。彼らは人生経験を通じて、また主権争いの過程で遭遇した困難を通じて、それぞれのイデオロギーを発展させた。大衆はガンディーの非暴力的な姿勢を支持し、インドの大義に対する世界的な共感を得た。その一方で、彼は周囲の政治力学の変化に関しては、いくつかの主要な信条から外れるほど現実的であり続けた。これとは対照的に、ボースは平和主義的なアプローチがイギリスの障壁の中では通用しないことを悟っていた。

しかし、結局のところ、ガンディーもボースも、自由への闘いの中で、インドの国民性の確立に大きな役割を果たした。このことは、二人のイデオロギーがいかに異なっていたか、そしてインドの自由をめぐる状況にいかに現実的に対処していたかを示している。ガンジーとスバス・チャンドラ・ボースは、インドで最も著名な自由戦士の２人であった。しかし、よく見ると、彼らの現実主義と原則は、インドの独立を達成するために直面したユニークな状況によって形作られたことがわかる。一方、非暴力の市民的不服従運動で知られるガンジーは、自治への平和的移行の道を選んだ。彼の真理と非暴力に基づくサティアグラハの哲学は人々の心を打ち、インド独立運動に対しても国際的な支持を得た。このプラグマティズムは、非暴力と自己浄化という核心的な信念を厳格に守

りながら、政治情勢の変化に応じて戦略を変えるという彼の能力に現れている。

対照的に、より戦闘的なナショナリストであったネタジ・ボースは、インドの自由を達成するためには武力闘争が必要だと考えていた。ナチス・ドイツや大日本帝国といった外国勢力と同盟を結び、彼らの支持を得ようとしたのである。これはボースの有名な言葉に集約されている：「血を与えよ、さすれば自由を与えよう」というボースの有名な言葉がそれを象徴している。しかし、こうしたガンディーのアプローチとネタジの姿勢の違いにもかかわらず、二人は同じ目的、すなわちインドにおける植民地支配からの解放を目指した。彼らは人生経験を通じて、また主権争いの過程で遭遇した困難を通じて、それぞれのイデオロギーを発展させた。大衆はガンディーの非暴力的な姿勢を支持し、インドの大義に対する世界的な共感を得た。その一方で、彼は周囲の政治力学の変化に関しては、いくつかの主要な信条から外れるほど現実的であり続けた。これとは対照的に、ボースは平和主義的なアプローチがイギリスの障壁の中では通用しないことを悟っていた。しかし、結局のところ、ガンディーもボースも、自由への闘いの中で、インドの国民性の確立に大きな役割を果たした。このことは、二人のイデオロギーがいかに異なっていたか、そしてインドの自由をめぐる状況にいかに現実的に対処していたかを示している。

第4部 民主主義のダンス？

第4の柱としてのメディア、あるいはカンガルー民主主義におけるサーカスの鞭役：食の安全、民主主義、それともメディアの自由？

インドのような国家をさまざまな点で統一し、ナショナリズムの統一感を打ち出すという問題には、メディアが果たすべき役割が非常に大きい。どうやら、前章で私が投げかけた質問を、この章に引きずり込むためのようだ。インドの画一性は決して自然なものではなかった。国民性という概念も弱く、経験的に証明することも反証することも難しいかもしれないが、インド、あるいは亜大陸の歴史を見れば、略奪者のお気に入りの土地であったと見ることができる。私利私欲と腐敗が何度も何度も利用されてきたこのバラバラの土地は、ヨーロッパの植民地支配、とりわけイギリス領ラージによって、可能な限り最高の形で顕在化した。この広大な土地を征服し、直接支配することは、どの国にも不可能であり、帝国権力も試みなかった。むしろ、イギリスが資源とその利用を支配する一方で、世界的な文脈の中でイギリス領インドの旗の下で、いわゆる私たちの発言を支配しているという感覚を与えることが目的だった。今日のポストコロニアル国家は、その文脈から借用したある種の原則に基づいて機能している。英国の行政官の考え方は今や中央政府に取って代わられ、限られた自治の感覚は今や州政府に取って代わられた。このような中央集権－地方分権のシステムは、それ以前の時代にも存在していた。しかし、このような歴史的な前置きはすべて、国民性と行政の統一を図るというコンセプトが、インドで試みるには少々厄介で、そう簡単に弄ぶことのできないプロジェクトであることを、どこで、どのように知るためのもの

である。インドを大衆闘争で団結させながら、非暴力自由運動という衣をまとって明確なコントラストを保つという考え方は、独立の時代に統一された要素だった。インドらしさとは、インドや他の多くの植民地国家が、それぞれの国で、文脈は違えど、大きく変えてきたものである。このような状況の中で、メディアという方程式が生まれた。最近のインドのメディアは、現政権に反対する左派寄りの〝Lib****du〟メディアや、政府寄りの〝Godi〟メディア[25]として、絶大な信頼を失っている。いずれにせよ、インドの多様性という概念は、植民地時代であれポスト植民地時代であれ、国益よりも地域主義が優先されるという点で常に強調されてきたのかもしれない。しかし、このような状況の中で、メディアの役割はインドにとって重要であり、英領ラージ下でもなお、メディアが英領ラージに偏っているという考え方は、明らかに抑圧者の指示であると理解できる。しかし、独立後はどうだろう。特に、民主主義が疑問視され、不気味なほどその通りになっているとき、メディアは十分な役割を果たしているだろうか。私たちのような多党制の封建的民主主義国家では、スポーツのジャージと同じように政治色が変わることは、メディアの役割と非常に重要な関係がある。また、メディア各社が、政府寄りであれ政府反対であれ、自らの偏向の支配下に陥っているのも事実だ。私たちのメディアにとって必要なのは、事実を述べることであり、私たちの民主主義の原則に反するという西洋的な観点からであれ、私たちの国の誇りとして売られているインドの修正主義的な物語にとらわれすぎていることからであれ、偏らないことである。民主主義の運営において、選挙で選ばれた指導者の説明責任が疑問視されているこの国では、メディアは依然として重要である。食料安全保障のランキングとは別に、自由度指数が疑問視されているこの国で、メディアは政府の欠点や成果を強調するの

---

[25] https://www.rediff.com/news/column/aakar-patel-will-godi-media-change-in-modi-30/20240628.htm

ではなく、なぜ私たちがまだそこに遅れをとっているのかを突き止めようとする時期に来ている。メディアは、ガンジーからネタジ、その他何百万人もの人々が報道されていた自由闘争の時代にも、重要な役割を担っていた。モラルの問題があったにもかかわらず、当時の問題は解決されなかった。しかし、今の時代、メディアの役割は、センセーショナルなジャーナリズムを作ったり、他とは違う調査報道をすることではなく、インドがなぜ、どこに欠けているのか、その理由を探ることであるべきだ。

ネポティズム（縁故主義）は岩を砕き、才能や実力主義は後回しにする。

インドの民主主義という問題は、西洋の論者や西洋の教育を受けてきた人たちによって批判されるかもしれないし、されてきたかもしれない。チャーチルがインディアンの自治権を軽視したのは、私たちの歴史がそうであったからかもしれない。アフリカと同じように、インドもアジアの多くの地域と同じように、そして近代以前のヨーロッパのある地域でさえ、国民意識を形成するのに苦労した。英国人は**「大英帝国に日は沈まない」**とよく言ったものだが、確かに沈んだ。そして今日、皮肉なことに、国籍上はインド人とは呼べないものの、彼自身の言葉によってインドのヒンズー教の原則を目にしたり、自然に身につけたりしたインド出身の人物が、大英帝国のトップとなっている。インドの民主主義の誕生は、単にイギリスに対する闘争の後ではなく、インダス渓谷以降のヒンドゥー王国とドラヴィダ文明から始まったインド史の第二の波として、中世のデリー・スルタンとムガル帝国によって強化された数世紀にわたる封建制度を覆す闘争の後であった。歴史的に見れば還元主義的に聞こえるかもしれないが、これは歴史的な作品ではないので、話を逸らさないようにしよう。この章で提起されるのは、インドの民主主義の質と健全性である。紙の上では、私たちは世界最大の民主主義国家とみなされているが、それは奇跡として生まれたものであり、私たちにとって貴重なものである。宗教的、政治的な歴史から、インドは南アジアにおける民主主義の父のような存在と考えられているが、宗教的暴力のエピソードを何度も経験してきた。562 の侯国の断片がジグソーパズルのように縫い合わされて誕生したインドの民主主義の価値観が、挑戦

され、脅かされているにもかかわらず、それだけでは終わらなかった[26]。インドの民主主義の価値は、社会の封建的な名残と政治における腐敗のために、時折暴力的な傾向が見られるにもかかわらず、アフリカやアジアの多くの国々と違って、いまだに根こそぎ破壊されていないことだ。インドの民主主義は、他の多くの分野と同様、家族主義的あるいは縁故主義的であると言われ、ナレンドラ・モディ政権下の最近では独裁政治の烙印を押され、インディラ・ガンジー政権時代とは比べものにならないほど騒がしくなっている。文化、芸術、流血、進化の5千年の文明の歴史から生まれた新しい国家であるインドの未来は、多くの西洋理論家が批判しているような流血と内戦に完全に浸るのではなく、耐えるという国民的気質を私たちに与えたのかもしれない。インドの民主主義が最近のランキングで順位を落とし、独裁政治やバナナ共和国であるという論争や批判にさらされているという疑問は、今の時代の作り話に過ぎないのかもしれない。インド亜大陸には、よく機能する民主主義の要素があり、西洋の基準には適合していないかもしれないが、よく整備された民主主義社会に必要な原則の要素や決定要因を持っていた行政の豊かな伝統があったことを忘れてはならない。今日の民主主義の大きな問題は、カーストや封建主義、そしてもちろん宗教的アイデンティティの問題にいまだにとらわれていることだ。これらは、過去75年間そうであったように、すぐには洗い流せない要因である。インドの民主主義は多様であり、批判されることもある国民皆成人権という概念は弱点ではなく、むしろ強みである。疎外された人々が声を上げなければ、それは民主主義とは言えない。チャーチルは、特に植民地に対する民主主義を否定していたが、インドが世界最大の民主主義国家を作り上げたことを知った。制度によって失敗した人たちもたくさんいるだろうが、自分たちの声を届けた人たち

---

[26] https://www.theweek.in/theweek/leisure/2023/07/29/john-zubrzycki-about-his-new-book-dethroned.html

もまたたくさんいる。それでも、民主主義がいまだに大衆を自分たちの利益のために、あるいは権力ゲームの駒として利用しているのは事実だ。インドは変わりつつあり、次の世代のインド人が真実であるべき情報やメディアに触れることで、進化していくだろう。

ジグソーパズルの国を運営する奇跡

インドという国家は、前述したように、帝国の支配者を含む西側諸国の多くの論者や専門家によって否定されてきたが、これは奇跡である。奇跡のように誕生したインドのような国家は、562の諸侯国のパズルに加わるという、性急で混沌とした過程から生まれた。ハイデラバード、ジュナガド、カシミールという3つの問題地域は、私たちがインドと呼びながらも英国領インドから作られた文化的空間の分割後のドラマと流血の後に、もちろん加わった[27]。州から生まれ、後に言語に基づいて州化された私たちの国の連邦構造。時折、人命や財産が失われ、過激主義や暴動が起きているにもかかわらず、インドの多様性という要素は、以前はまだ管理されていた。パンジャブ州、北東部、カシミール地方で問題が発生し、将来的に発生する可能性もあるが、多様性という文明の存在に基づくこのポストコロニアル構造の規模と多様性がどのように管理されているかは、懐疑論者を含む多くの人々によって注目される必要があり、注目されている。O.G.である"U.S.A."を例外として、植民地支配後の国々の中には、政治的自由と独立を求める闘いの中で熱望した民主主義の原則を保持することができなかった国々が数多くある。しかし、民主主義が何度も崩壊しているという批判にもかかわらず、インドは強く誇り高く立っている。なぜですか？インドにおける選挙制度は、それ自体に問題があるにもかかわらず、民主主義という概念の歯車を回転させ続ける貴重な運動であり、インドは世界最高水準の民主主義の多様性を活用することで、世界に畏敬の念を抱かせ続けている。インドの民主主義プロセスは、その到達範囲に格差があるにもかかわらず、国

---

[27] https://scroll.in/article/884176/patel-wanted-hyderabad-for-india-not-kashmir-but-junagadh-was-the-wild-card-that-changed-the-game

の隅々にまで到達することができた、あるいは少なくとも到達しようとしたことを忘れてはならない。[28] しかし、植民地時代、そしてそれ以前のデリー・スルタン帝国時代からの運命の試練は、国家に非常にかすかな線を作り始め、最終的な政治的独立を果たしたときには、その線はあまりにも大きく、顕著なものとなっていた。特に第二次世界大戦後、イギリスが急いで撤退しようとしていた交渉の段階で、サルダール・パテルの力がなかったら、インドは、ソビエト連邦が崩壊して15カ国が誕生したように、5〜6カ国、あるいはそれ以上の国家を誕生させていたかもしれない [29]。ロシアはソビエト連邦解体後の正当な後継者であり、同じような展開が英国領インドからパキスタンとバングラデシュへの血なまぐさい分割でも起こった。これらはすべて、私たちの歴史を物語る既知の部分である。しかし、インドのような場所の多様性と違いは、ジグソーパズルの異なるピースのようなものだ。民主主義の原則が生まれ、民主主義システムがどのように構築されたかは、一般的に少数の人々を中心に展開されてきた。しかし、サルダール・パテル亡き後、ゴア、ディウ、ダドラ・ナガルハベリ、シッキムが加わったことは、先に述べたハイデラバード、ジュナーガド、カシミールに劣らず重要である。領土、国旗、国歌という形で国家が形成されたことは以前にも述べたが、このような国家の概念は、特にアジア、アフリカ、アメリカ大陸などの植民地化された地域で、西洋流に世界中に広まり、刷り込まれていった。選挙権を得て、政権の在り方を決めるという貴重なコンセプトは、世界大戦後の世界のシナリオに大きく関わるものだ。インドでは、ピースの形成により、人口の点で世界最大の民主主義国家が誕生した。しかし、インドの連邦構造における中央対州の対立は、州内あるいは州間の問題である。ジグソーパズルは何度

---

[28] https://www.nature.com/articles/550332a
[29] https://www.indiatoday.in/opinion-columns/story/narrative-uprooting-idea-of-india-disintegration-1917766-2022-02-25

も何度も、ピースが割れてあちこちに散らばってしまいそうになったが、完成したパズルを大切に運ぶ両手のような気遣いと、時には優しく、時には主張する保護者の見えない力がそれを防いでくれた。これが、インドが奇跡の国として存在する理由である。

14億人以上の人口、ここではサイズが重要なのだ。平等主義的成長と発展のために、3P＋C（貧困、汚染、人口＋汚職）の難問をどう読み解くか？

14億の人口を抱え、今こうしている間にも増え続けているこの国において、3P+C という考え方は常に私たちに大きな衝撃を与えてきた。少なくとも格差という点で、貧困が拡大しているという問題は、私たちが最初に考えなければならない切実な問題である。実のところ、最近になって植民地時代以上の不平等が生じたという考えは、インドの自由運動の戦士たちや流血を恥じるべきものである。貧困削減が達成されていないわけでも、極度の貧困という考え方が調査されていないわけでもないが、もう一方では、インドが本当に成長しているのであれば、なぜ8億人もの人々がいまだに無料の配給に頼っているのかという疑問も出てくる！これは EU の全人口よりも多く、アメリカの3分の2よりも多い。それを想像すると、なぜ独立後 70 年経ってもなお、慢性的な貧困に関連する問題を理解しなければならないのか、疑問が湧いてくる。しかし、インドが貧困から脱却した国の中で第2位であるにもかかわらず、貧困については深刻な疑問がある。国民各層に資源が分配されていないことが、インドが躓いている問題であり、その答えは政策界と汚職の分母の両方にある。インドが名目 GDP で世界第3位の大国になる、と世界では騒がれているが、資金が上層部にのみ分配され、下層部へのトリクル効果すらほとんどないのでは何の意味もない。インドに限ったことではないが、植民地支配後のほとんどの国で

見られることだ。[30] 。インドは成長する必要があるが、成長のための賞は一人ひとりに下る必要がある。実際、理論的に言うのは簡単だが、貧困に関する問題は、私たち国家がまだ失敗しているところだ。成長というもうひとつの難問は、公害と気候変動である。2016年のパリ気候サミットでのコミットメントと同等であると言われているのはインドだけである。インドの都市部における気温の上昇は、インドが気候変動に伴うリスクの中心に位置している以上、もう一つの深刻な懸念事項である。汚染と貧困の問題は、インドが第1位を占める「巨大な」人口と、それに伴って生じる膨大な問題に関連している[31] 。希望がないわけではないし、否定的に推測することはできないが、疑問は適切であり、以前にも提起されている。インドのシリコンバレー」と呼ばれるベンガルール市の地下水枯渇問題は、ケープタウンが近い過去に直面した恐怖を思い起こさせる。つまり、インドにおける生活の質は、私たちが直面している課題であり、インドを離れた高純所得者の単なる流出が最も多いのです。このところメディアで耳にする「頭脳預託」などという宣伝文句にもかかわらず、インドでは市民の流出が起きている。さて、公害と人口というコンテクストを考慮すると、何百万人という人口が依然として社会から疎外されていることになる。これは、過去の文明と栄光を誇るインドでは、不平等という概念が長い間常態化していたからかもしれない。宗教とカルマがインド社会の言説の主要な部分を占めていた産業革命以前のインドでは、過去の人生の罪という観点から貧困が常態化していた。ガンジー流の経済学もまた、物質主義や工業化にはあまり重点を置かず、車輪を利用した織物製造など、小規模な工業

---

[30] https://www.bbc.com/news/world-asia-india-68823827
[31] https://m.economictimes.com/news/economy/indicators/india-to-emerge-as-an-economic-superpower-amid-impending-global-economic-landscape/articleshow/110418764.cms

開発に重点を置いていた（Charkha[32]）。しかし、重工業化と製造業の発展という点では遅れをとっており、その結果、インフレ圧力とは別に、この 10 年間で深刻な雇用危機が悪化している。

---

[32]https://www.newindianexpress.com/web-only/2023/Oct/14/welfare-of-all-rather-than-profit-for-a-few-why-gandhian-ideas-can-still-guide-economic-policies-2623932.html

少数の勇気のおかげで牛の国から宇宙に到達した私たちは、技術主義の世界で次にどこへ向かおうとしているのだろうか？

バイシャム著『The Wonder that India Was』やV.S.ナイポール著『A Wounded Civilization（傷ついた文明）』といった本が、輝かしい過去とその劣化を語るのに対し、『Indian Summer（インドの夏）』や『Dethroned（奪われた）』といった本は、インドという国がどのように誤（管理）され、植民地支配や帝国化以前に私たちが知っていた国土からインドという形を取り戻すに至ったかを、見事に詳細に説明している。ダルリンプルの作品でさえ、ムガール帝国とイギリス領ラージのニュアンスに焦点をあてており、未来と復活への焦点はテーマになっていない。このことは、*ニレカニ氏、シャシ・タロア氏、S・ジャイシャンカール氏、カラム博士*などの著書で取り上げられている。読者の皆さんは、これが読書リストなのか、それとも新章なのかと思われるかもしれない。ちょっと待ってくれ！特に、文明と征服のゲームの中で失われてしまった古代の知識は。植民地時代だけでなく、先植民地時代の知識や科学が、特に宇宙、医療、情報、ナノテクノロジーなど、現代における私たちの旅路に理解を与えてくれるような学問的研究はどうなのかという疑問が常にある[33]。電子機器製造からチップ製造に至るまで、インドは中国、日本、韓国が欧米に取って代わる存在であるのに対し、遅れをとっている。テレビ、洗濯機などをインドのブランド名で製造する可能性や能力がインドにないわけではな

---

[33] https://www.news18.com/opinion/opinion-igniting-indias-job-engine-the-untapped-potential-of-manufacturing-8948962.html

い。しかし、オニダ、BPL、ヴィデオコンなどの才能は、インド以外のグローバル・ジャイアントがシェアを奪ったため、鳴りを潜めてしまったようだ。携帯電話製造業も同様で、**M.I.L.K.（マイクロマックス、インテックス、ラバ、カルボン）**は中国製携帯電話の猛攻によって崩壊した。特に、生産連動型奨励金制度や、21世紀のグローバル・シナリオにおける時代のニーズとして国内製造に焦点を当てた政策には、常に明るい兆しがある。[34]A.P.J.カラム元大統領がロケットを自転車に載せて運ぶ有名な写真があるように、インドの宇宙の旅はささやかに始まった。私たちはそこから、火星に初めて着陸した国、月の南側に初めて着陸した国になった。しかし、私たちが手にしている大きな問題についてはどうだろう。それは、国家というよりむしろ個人として、私たちが達成してきた挑戦の証である。国家は栄光に酔いしれることができるが、国家のサポートシステムはまだ遅れているところであり、学者たちの作品に出てきた構造的な欠陥は、図書館や高級カフェでの認知的な議論を満たすためのものでしかない。被害を受けている人々、というより家畜階級は、自分たちを苦しめている問題のシナリオに無関心なのか、あるいは封建政治と腐敗の迷路の中で涙も枯れ果てたのか、今日に至っている。オディシャ州のカラハンディ、チャッティースガル州の最後の赤い砦である**バスタル**、そして腐敗したカースト政治にもかかわらず、*U.P.東部やビハール州の一部などでは、オディシャやマディヤ・プラデーシュ州の進歩とは別に、パンジャブ、西ベンガル、タミル・ナードゥなど他の州へのトリクルダウン効果に基づく発展が見られる。*地理的にも、文化的にも、社会的にも、あらゆる意味でジグソーパズルのように機能するこの蜃気楼のような国では、進歩が違う。従って、インドという国家のアイデアは、基本的な量の食料と医療だけでなく、宇宙船に関するものである。最大の食糧開発国であるインドもまた、パキスタンやバングラデシ

---

[34]https://www.globaltimes.cn/page/202311/1302676.shtml

ュを下回る飢餓指数に苦しんでいる。つまり、世界最大の民主主義国家における子どもの発育阻害、児童労働、人権指標の多さは、私を含む関係者を含むすべての人々を困惑させているのだ。では、インドの未来はどこにあるのか？宇宙空間の征服でも、新しい世界秩序における高いテーブルでもなく、この分断された国の極めて重要でダイナミックな断層線上の問題に対する解決策を提供することである。

我々は若者主導のスタートアップ国家でありたいと思っているが、彼らのために十分なことをしているだろうか？

問題なのは、われわれの多くがアームチェア・ウォリアーであることだ。一方、われわれの旅路が進むにつれて、言うは易く行うは難しとなる現場での行動が、責任と原動力となる必要がある。**ミレニアル世代、ジェネレーション Z、そして新興のアルファ世代が**混在するアルファ・ジレニアルズ国家は、世界最大の民主主義国家であり、最も人口の多い国家の岐路にあり、世界の流れを変える可能性と力を持っている。しかし、インドの人口ボーナスは、スキルと人材需要が一致しない膨大な数の人々に、適切な仕事を与えることに苦労している。これはまさに、政策立案が問題の処方箋ではなく、解決策に取り組む必要がある問題である。ここ数年、新興企業に対する政府の政策や資金援助が充実してきており、希望は持てるが、若者が活躍できる国の発展のためには、優れたエコシステムの構築がカギとなる。**Zerodha から Agniban まで**、金融技術から宇宙スタートアップの成功に至るまで、**Byju のような失敗もある。**しかし、これはすべて旅の一部であり、アイデアは常に未来に焦点を当てる必要がある。**ムドラ** 融資制度という政府のアイデアは、起業家や意欲的な事業アイデアを持つ人々の成功を支援するための具体的な一歩である。^{21} 世紀のインドの夢は可能性であり、現実のものとなりうるが、教育のセットアップからインフラ整備、政策の実施に至るまで、政策立案と実施には構造的な欠陥があり、中央、州、地方レベルで調整する必要がある。新教育政策は、マコーレーによる植民地時代の「ココナッツ」式学生

工場生産方式から脱却し、新しい教育の型を創り出そうとするものである[35]。褐色の肌のインド人を、英国ラージに適した白人の内面に作り上げることを意図した制度である。人工知能、機械学習、コーディングのダイナミクスは、もはや流行語ではなく、インドが必要とする新しい若者主導の社会のための現代の要件である。過去20年間、インドでは雇用が増加することなく経済が拡大してきたため、雇用の減少が懸念されてきた。このような断絶が、特に安定と目的意識をもたらす仕事を求める若者の不満を増大させている。軍務に就いている人々の長期的な雇用保障を短期契約に置き換えるアグニベア計画の導入は、雇用保障と国家と国民の間の社会契約の侵食に関するこうした懸念をさらに高めただけである[36]。多くの若いインド人に安定と愛国心を与えてきた伝統的な雇用の道を乱す可能性がある。

結論として、こうした課題に対処するためには、経済改革、技能開発、雇用創出といった多面的なアプローチが必要である。これは、予約制度が政治的利益のための道具として使われるのではなく、恵まれない人々に力を与えるという本来の目的を果たすよう、予約制度の徹底的な見直しと一緒に行われるべきである。インドは過去20年間、常に「人口ボーナス（Demographic Dividend）[37]」というコンセプトを議論してきたが、若年人口の資源の浪費はもうひとつの懸念事項だった。フリッターを売ることも雇用とみなすパコダノミクスの考え方は、道徳的には正しいかもしれないが、判断や正

---

[35] https://thewire.in/education/lord-macaulay-superior-view-western-hold-back-indian-education-system

[36] https://www.businesstoday.in/india/story/former-army-chief-hints-at-badlaav-in-agniveer-scheme-some-changes-could-be-made-after-431439-2024-05-30#:~:text=years%20of%20service.-,Under%20the%20Agnipath%20Scheme%2C%20which%20was%20rolled%20out%20in%20June,that%20has%20upset%20army%20aspirants.

[37] https://www.livemint.com/economy/ageing-population-a-structural-challenge-for-asia-india-s-demographic-dividend-to-dwindle-adb-11714637750508.html

当化には十分だろう。なぜなら雇用とは、単に雇用の機会だけでなく、雇用を望む人々や人材、そして雇用機会を創出することができる人々のことだからである。つまり、資本やビジネスのアイデアを所有し、利用可能なリソースに機会を提供できる人たちということだ。インドは、経済的には論理的なインフレを伴う成長でありながら、それに見合った雇用機会がないという、非論理的とも思える特異な課題に直面している。そのため、この20年間、失業率の増加が問題視されてきたが、**アグニベールの**ような制度が、リスクや苦難、そして愛国心も伴うとはいえ、軍隊での長期的な雇用機会という確実なものに取って代わると、その問題は一気に解決するようだ。社会から疎外された人々のための手段であったはずの政治という名の選挙留保は、今や新たなカーストやサブカーストが選挙戦に加わるために選挙留保を求める、票田の安全弁と化している。インドラ・ソーニー裁判の勧告による50%という留保の上限はすでに破られ、さらに「経済的に立場の弱い者」という曖昧な留保が追加された。そして、他の後進階級に対する保留の問題が出てくる。それは、保留というケーキのクリーミーな層であれ、そうでない層であれ、そしてマイノリティの票田政治を忘れてはならない。このような政治的駆け引きの中で、徒弟制度のような<u>「Pradhan Mantri Kaushal Vikas Yojana」による</u>雇用創出や、「Make in India」スキームの下での電子機器製造のための生産連動型奨励金制度による製造業の拡大など、雇用創出に焦点を当てた取り組みは依然として苦戦を強いられている。したがって、現政権は長期的な展望に立った解決策を見出す必要がある。インドでは、クリーミー層と非クリーミー層の両方を含むその他の後進階層に対する留保の問題は、政治的に茨の道である。これらの政策の目標は、社会正義と経済的解放を達成することだが、その実施はしばしば票田政治に邪魔され、雇用創出と包括的成長を犠牲にしてきた。技能開発のためのPMKVY (Pradhan Mantri Kaushal Vikas Yojana) や、Make in India の下での電子機器製造のための PLI (Production

Linked Incentive）スキームなどの現政権のイニシアティブは、失業問題や経済発展への対処を目的とした政策措置である[38]。しかし、この多様な民主主義国家であるインドの政治シナリオは複雑であり、こうした面での進展は鈍いままである。

---

[38] https://www.business-standard.com/industry/news/with-geo-political-concerns-engg-firms-nudge-suppliers-to-make-in-india-124063000283_1.html

Roti、kapda、makaan（食糧、衣服、避難所）、Dharam、Jati、Deshbhakti（宗教、カースト、ナショナリズム）、Watan、Vardi、Zameer（国家、制服、良心）に対して、普遍的な健康と教育はまだ遅れている。

私たちの新しい国会には、"Akhand Bharat"[39]つまり、南アジアのすべての国が大インドに属する、分割されていないインド亜大陸の壁画がある。国家はパンジャブとベンガルの2つに分裂し、その両方がインドに残っていれば、あるいは別の国家を形成して自らの運命を切り開いていれば、違った軌跡をたどっていたかもしれない。多くの西洋の論客や、チャーチルでさえも、インドとその独立の願望を赤道のような架空の国家と同一視して否定し、蜃気楼のようだと言われた奇跡の国インド。インドの政治は、200年にわたる植民地支配の不始末の後でさえも、数歩を踏み出すだけで十分であり、インド人の助けを借りてインドを維持することができた。ヨーロッパが植民地化する何年も前、後のムガル帝国時代、あるいはその前のデリー・スルタン、さらにはマラーター、ラージプート、ベンガル・スルタンも、独自のスタイルと計画の実行力を持っていた。だからといって、統治システム、都市計画、農村計画、土地記録、裁判所、行政が存在しなかったわけではない。ほとんどの新植民地主義国家は、植民地支

---

[39] *パキスタンはインドの新国会議事堂の壁画「アクハンド・バーラト」に神経をとがらせている - The Economic Times Video | ET Now (indiatimes.com)*

配者のスタイルに順応する一方で、部族や先住民族は、資源の支配権を失ったという事実を除いては、そのままであったと言える。残念ながら、独立前後のインドでは、ここ数十年来、カースト主義、リザベーション、**ロティ・カプダ・マカーン（衣食住）・アー・ガリビ・ハタオ（貧困の除去）**（[40]）という政治が続いてきたが、その成果は変わってしまった。かつては欧米人や欧米メディアによる貧困ポルノや貧困ツーリズムが横行し、彼らの窮状を軽視していたインドの貧困測定の状況や文脈も、ゆっくりとではあるがダイナミックに変化しつつあるのは事実だ。物事には時間がかかるもので、インドもそうだ。しかし、韓国、台湾、シンガポールなど、規模は小さくとも、人口比でさえも多くの国が道を示してきた。インドは、[41]国として設計された人類の文明メランジの奇跡である。この国が『バカの国』のような本を生み出してきたのは事実だし、信じられないような成功物語を生み出してきたのも同じ国だ。インドの問題は、そのほとんどがまだ中途半端な教育を受けた人々であり、無学な人々がソーシャルメディア上で騒いでいることであり、そうでないかもしれないし、教育を受けた人々は自分の象牙の塔の中にいるか、**「家畜階級」という蔑称で定義される問題の一部になることに興味がない**かもしれない。すべての国民がまともな生活を手に入れるというコンセプトは、インドを定義し、差別化するものである。インドにそれができるのか、できるとしたら何年後か、あるいはどのようなスケジュールでできるのか。インドがいかに**市民を失望させたか**」というような本がある一方で、故 A. P. J. アブドゥル・カラム・アザド大統領の**『30億人目標』**や、ビマル・ジャランをはじめとする多くの人たちとは別に、ナンダン・ニレカニによるインドのデジタル技術革命に関する本など、素晴らしい政策立案

---

[40] *数字ゲームとしての「ガリビ・ハタオ」 (deccanherald.com)*
[41] *インドが70年もの間、統一国家として存続してきたのは奇跡だ：ラマチャンドラ・グハ (business-standard.com)*

と実施に関する本もある。ラグラム・ラジャンは、ヘリコプターに乗らないインド人エコノミストとして荒らされていたにもかかわらず、彼の最新の著書でそれを表現している。また、アビジット・バネルジーとアマルティア・センという2人のベンガル出身の高貴な経済学賞受賞者は、現在アメリカ市民であるが、皮肉にもベンガル出身である。インドは、インド東部やインド北東部の政策に目を向け、それを明確にする必要がある。マニプールなどでは、民族紛争という不幸な事件が起きたが、最近では社会経済発展のための政府の積極的な政策が見られる。かつて **BIMAROU（ビハール州、マディヤ・プラデーシュ州、ラジャスタン州、オディシャ州、ウッタル・プラデーシュ州**）は、オディシャ州、ウッタル・プラデーシュ州、さらにはマディヤ・プラデーシュ州やラジャスタン州といった新たなスターを生み出した。単なる貧困の解消という概念は解決策にはならない。それは、小さな自助グループに焦点を当てたオディシャ・モデルでも、湾岸マネーにあふれた社会福祉ケーララ・モデルでも、資本主義のグジャラート・モデルでも、適応的な成功のために機能するものであれば何でも、ガンジーのいないこの新しいインドでは大歓迎だ。

結論

PB チャクラボルシーはカルカッタ高等法院の最高裁長官であり、西ベンガル州知事代理も務めていた。彼は RC マジュムダーの著書『ベンガルの歴史』の出版社に手紙を書いた。私が総督代理を務めていた頃、インドから英国の支配を撤回して独立をもたらしたアトリー卿は、インド視察の際にカルカッタの総督官邸に2日間滞在した。そのとき、私は彼と、イギリスがインドを去るに至った本当の要因について、長時間にわたって話し合った」。**私のアトリーへの直接の質問は、ガンジーのインド撤退運動はかなり前に先細りになっており、1947年にはイギリスが急いで撤退しなければならないような新たな切迫した状況は生じていなかったのに、なぜ撤退しなければならなかったのか、というものだった**。「その主な理由は、ネタジの軍事活動の結果、インド陸海軍関係者の英国王室への忠誠心が失われたことである」( )と、チャクラボルティ判事は言う。それだけではない。チャクラボルティは 、「話し合いの終わりに、私はアトリーに、インドを撤退させるというイギリスの決断にガンジーが与えた影響の程度を尋ねた。この質問を聞いたアトリーの唇は皮肉な笑みを浮かべ、ゆっくりと "m-i-n-i-m-a-l!" という言葉をかみ殺した。

ガンジーは、道徳的に優れた大衆の保護者でありたいと願ったが、矛盾を抱えた人間であり、他の人間と同じように欠点もあった。ナイーブと言われ、自己主張が足りなかったと言われ、いわゆる悪癖も自著で認めているが、人種的な態度は別として、それ以前の人生に疑問符がつくかもしれない。しかし、そのような批判にもかかわらず、**情報**公開法では認められていない「*国家の父*」という名誉称号を与えたのはネタジだった。ガンジーに諭された同じ人物が、タゴールとは別にガンジーに「**マハトマ**」という称号を与えた。彼が何

者であったかは、批評家として、あるいは無名の人間として、さまざまに問われ、答えられるだろうが、この象徴的な生身の人間には、**アインシュタインが**「来るべき世代は、このような生身の人間がこの地上を歩いたことがあったとは信じられないだろう。*(マハトマ・ガンジーの言葉)*″

www.ingramcontent.com/pod-product-compliance
Lightning Source LLC
LaVergne TN
LVHW041539070526
838199LV00046B/1743